사월에 부는 바람

KB194842

April Wind
by Hyun Ki Young

Published by Hangilsa Publishing Co. Ltd., Korea, 2025

사월에
부는 바람

현기영 에세이

한길사

여전히 우리의 희망은 2030 세대입니다
· 작가의 말

군사독재가 종식된 지 어언 30여 년 세월이 흘렀습니다. 한 세대가 지난 것이지요. 그런데 그동안 고난의 투쟁 끝에 쟁취한 자유가 야릇하게 변질되어왔음은 우리 모두가 인식하고 있습니다. 너무나 많은 자유를 누려서인지 우리는 지금 가치관의 혼란 상태를 겪고 있습니다.

이런 현상은 특히 2030 세대에서 특징적으로 나타나는데, 그들 상당수가 소비향락적 사고에 빠져 있는 듯합니다. 그래서 과도한 표현이긴 하지만, 나는 '엔터테인먼트의, 엔터테인먼트에 의한, 엔터테인먼트를 위한' 사회라고 쓴 바 있습니다. 더욱 우려스러운 것은 그들 중 일부가 극우 성향을 보인다는 것입니다. 그래서 이 책에는 이러한 상황을 우려하고 상심하는 글들을 싣게 되었습니다.

12·3 비상계엄이 선포된 것은 내가 이 책에 실릴 작품들을

마지막으로 수정 작업하고 있을 때였습니다. 그동안 촛불시위 때 잘 보이지 않던 2030 세대가 그때 갑자기 기적처럼 나타났습니다. 수만의 거대한 무리, 거대한 집합체였습니다. 그들은 분노와 열광을 뒤섞어 시위를 장엄하고도 유쾌한 엔터테인먼트로 만들었습니다.

엔터테인먼트가 반파시즘의 강력한 무기가 될 수 있다는 놀라운 사실에 나는 전율했습니다. '엔터테인먼트' 운운하면서 젊은이들을 흉보았던 내가 부끄러웠습니다. 그렇습니다. 1980년대나 지금이나, 2030 세대는 여전히 우리의 희망입니다.

이 책 『사월에 부는 바람』은 한길사 김언호 대표님의 따뜻한 배려로 출간하게 되었습니다. 편집·교정 작업을 하면서 여러모로 창의적 제안을 해준 백은숙 주간님에게 깊은 감사의 말씀을 전합니다.

그리고 이 책에는 신작과 더불어 오래전에 발표했던 글들이 실려 있음도 밝힙니다.

2025년 2월
현기영

사월에 부는 바람

문 학 의 길

나의 글쓰기

"너는 왜 맞을 짓을 하냐."

45년 전 유신 말기에 『순이 삼촌』으로 필화를 입어 3일간 혹독한 고문을 받은 적이 있다. 그 무렵 고교 동창생 네댓 명이 모인 술자리에서 한 녀석이 비아냥조로 한 그 말이 아직도 잊히지 않는다. 내가 화가 나서 소리를 질렀다.

"그래, 니 말이 맞다. 난 바보야. 너처럼 똑똑한 놈은 나처럼 맞을 짓을 하지 않겠지. 그래, 난 바보야! 난 미쳤어! 미치광이야!"

내가 생각해도 나는 4·3 귀신에 씌운 미치광이인 것 같다. 그렇지 않은가. 미치지 않고서 어떻게 4·3에 가닿을 수 있겠는가. 4·3은 불광불급不狂不及의 영역인 것을.

1948년, 그해 나는 여덟 살의 어린아이였다. 나의 고향 노형리에서 모든 것이 불타고, 주민 600여 명이 학살당할 때, 많은 아이가 어른들과 함께 죽었다. 그 아이들 중에는 나의 소꿉 친구도 있었다. 우리 가족은 그 직전에 성내로 이사 간 덕분에 그 참사를 면할 수 있었다. 그러니 내가 죽지 않고 살아남았다는 건 전적으로 우연이다. 그 아이들이 나 대신에 죽은 것처럼 느껴졌다. 그래서 우연히 살아남은 자로서, 무엇보다 작가로서 나는 죽은 그 아이들의 무게를 짊어져야 한다는 생각을 자연스럽게 하게 되었다. 그리하여 나의 글쓰기는 죽은 자와 산 자가 서로 만나는 자리가 되었다. 죽은 자들을 일깨워 발언하게 하고, 그들의 말을 산 자에게 전하는 것이 내가 해야 할 일이었다.

그러한 나의 글쓰기는 분에 넘치게도 지금까지 47년간 꽤 많은 독자에게 지지를 받았다. 하지만 지지받은 만큼이나, 아니, 그 이상으로 외면당하기도 했다. 그들은 왜 내 글을 외면했을까? 4·3을 왜곡하고 부정하기에 혈안인 극보수 쪽 사람들은 당연히 나의 글을 싫어했다. 하지만 나는 개의치 않는다. 나의 글이 조금이라도 그들을 불편하게 하고 화나게 하는 구실을 할 수 있어 기쁠 뿐이다.

문제는 평범한 문학 독자 중에도 내 글 읽기를 꺼리는 이들이 적지 않다는 것이다. 나의 글쓰기는 4·3의 진실을 알아달라고 세상에 호소하는 인정 투쟁인 셈인데, 유감스럽게도 그

것이 잘 통하지 않는다. 물론 나의 역량 부족 탓이겠지만, 다른 이유도 있다. 독자들은 일반적으로 문학이 우선 재미있어야 한다고 생각한다. 진실 혹은 선은 당연히 옳은 가치이지만, 재미는 없다. 문학에서도 진실 혹은 선을 지나치게 강조하지 않는다. 그러니 4·3처럼 무거운 진실을 어떻게 독자가 쉽게 받아들일 수 있겠는가. 4·3 글쓰기는 일상의 논리를 깨뜨리고, 익숙한 도식을 강하게 거부하기 때문에 독자들이 불편해하는 것이다.

독자들은 평이하고 따뜻한 글을 원한다. 심적 부담이 가는 글은 싫어한다. 너무 나가지 않는 것, 낯익은 것, 일상의 범위 안에 있는 것을 원한다. 슬픔과 불행을 다루더라도 전반적으로 행복한 분위기 속에 포용되었을 때만 용납이 된다. 따뜻한 눈물, 감미로운 눈물을 유발하는 그런 슬픔을 독자들은 원한다. 엘레지처럼 슬프지만 달콤하기도 한 것, 상실의 슬픔이나 그리움의 슬픔 같은 것들이 문학에서 많이 발견된다. 그러한 슬픔을 우리는 멜랑콜리라고 부른다.

물론 문학은 그보다 더 깊은 고통의 슬픔을 다루기도 한다. 그러한 경우에도 문학이 허용하는 고통의 슬픔은 한계가 있으니, 슬프지만 너무 비통하지는 않은 애이불비哀而不悲의 슬픔이다.

　그러나 제주 4·3은 그러한 슬픔이 아니다. 애이불비를 훨씬 뛰어넘는 슬픔, 떼죽음과 피, 비명과 무서운 고통의 처절한 슬픔이다. 그래서 문학은 4·3 같은 무거운 슬픔에 다가가기를 꺼리고, 독자들도 그러한 글은 잘 읽지 않는다.

　4·3은 모든 사람이 죽고 모든 것이 불타버린 참혹한 사건이다. 4·3은 살과 피를 잃은 채 땅속 뼈로만 존재한다. 나의 글쓰기는 그 뼈를 발굴해내어 그 뼈에 피와 살을 불어넣어야 했다. 그러한 문학에는 당연히 유혈이 낭자할 수밖에 없다. 인도의 맨부커상 수상 작가 아룬다티 로이는 이렇게 말했다.

　"훌륭한 문학이 허용하는 피의 양은 얼마인가?"

마르셀 프루스트와 함께

불후의 명작 『잃어버린 시간을 찾아서』의 저자 마르셀 프루스트는 타고난 천식 때문에 허약했고 그로 인해 신경증까지 있는 섬세한 감수성의 소유자였다. 그는 부유한 부르주아 출신으로 여성적인 기질이 있었다. 인간의 또 다른 존재 양식인 동성애자 종족에 속했던 그는 남성적인 것을 흠모하는 여성적 기질의 잘생긴 '암컷 남자'이기도 했다.

병약하고 여성적이었던 그는 유년 이후에도 늘 정서적으로 어머니에게 의존해 있었다. 그에게 가장 큰 불행은 어머니와 헤어지는 것이라고 했으니, 어쩌면 어머니야말로 그가 사랑한 유일한 여인이라고 말할 수 있을 것이다. 그의 아버지는 파리 의과대학 교수였는데, 아버지에 대한 언급이 많지 않은 걸로 미루어 가까이 다가가기가 어려울 정도로 근엄한 성격이었는지 아무튼 가까운 관계는 아니었다. 그런 어린 시절의 프루스트는 편모슬하의 아이처럼 느껴진다.

프루스트는 몸이 허약해서 어머니의 보호 아래 책읽기가 유일한 소일거리였다. 그래서 아버지 대신 책이 그를 가르쳤다고 말할 수 있을 것이다. 말하자면 '책의 자식'인 셈이다.

'책의 자식'이란 장 폴 사르트르가 자신을 가리켜 일컬은 말이다. 사생아로 태어난 그는 외할아버지 서재의 책 속에 파묻혀 자랐는데, 아버지 대신 책이 자기를 키웠다는 것이다.

이 두 사람이 실생활의 체험을 중시하는 다른 작가들과 달리 지적인 글쓰기를 전문으로 하게 된 것도 생활 속 남다른 독서 탐닉에서 기인했을 것이다. 어떤 사물을 보았을 때, 사르트르는 그 대상에 대해 뭐라고 정의를 내려야 직성이 풀리는 버릇이 있는가 하면, 프루스트는 그 대상을 미학적으로 분석하기를 즐겼다.

내가 마르셀 프루스트의 존재를 처음 알게 된 것은 대학 2학년이었을 때, 대학신문에 게재된 그의 사진을 통해서였다. 병약한 몸을 고급스런 간이 침상에 기댄 우아한 자태, 멋있는 콧수염의 귀공자 모습에 매력을 느꼈다. 인간 심리의 메커니즘을 미학적으로 탐구하고 싶었던 나는 제임스 조이스나 윌리엄 포크너를 좋아했다. 프루스트의 책은 아직 번역이 안 된 상태였고, 대학 도서관에 영문판이 한 권 있었지만, 나의 어쭙잖은 영어 실력으로는 도저히 접근할 수 없었다. 문장이 어찌나 집요하게 탐구적인지, 한 문장이 거의 반 페이지를 차지하는 경우가 많았다.

문단 데뷔 후, 얼마 동안 그러한 심리소설에 빠져 있던 나는 박정희 정권의 10월 유신 이후 관심이 바뀌게 되었다. 파시즘의 시대에 '의식의 흐름' 따위의 미학이 무슨 의미가 있겠는가 하는 생각이었다. 사르트르는 잡지『현대』*Les Temps Modernes* 창간사에서 문학의 앙가주망, 즉 사회참여를 주장하면서, 프루스트의 소설에 나타나는 부르주아적 풍속과 삶에 대한 긍정적 묘사 그리고 내면세계의 세세한 탐구를 부르주아적 근성의 소산이라고 매도한 바 있다. 나도 그 말에 전적으로 동감했다. 그때까지 프루스트의 소설은 읽지 못했지만, 부르주아 계급이 무위도식의 사회적 기생충이라고 매도당하고 있는 당시 상황에서 자기 진영을 옹호하는 그의 입장이 싫었기 때문이다.

그러한 내가 그의 소설을 읽게 된 것은 1980년대 민주화운동이 끝나고 나에게도 다소 편안한 일상이 돌아왔을 때였다. 그동안 소설에서 주로 4·3의 대참사 속 인물들을 묘사해온 나는 제주의 아름다운 자연 속에서 그야말로 자연스럽게 살았던 인간의 원초적 모습을 그리고 싶었다. 그 원초적인 모습은 자연 속에서 무구하게 뛰놀던 나의 어린 시절이었다. 인생 여정에서 아주 오래전에 지나와버린 그 시간과 공간을 떠올리는 일은 결코 쉬운 일이 아니었다.

그때는 마침 프루스트의 그 소설이 번역되어 있었다. 『잃어버린 시간을 찾아서』라는 제목이 우선 나의 호기심을 바싹 끌어당겼다. 내가 막 시작하려는 소설 작업이 바로 잃어버린 내 유년의 시간을 찾아 떠나는 여정이 아닌가. 이 소설에서 특히 뛰어난 부분은 시간에 대한 탐구다. 인간의 기억을 망각의 저편으로 허무화시키는 시간의 파괴 작용을 거슬러 지워진 기억을 미학적으로 되살리는 일, 그것이 바로 그의 문학의 핵심적 가치다.

그 소설을 읽으면서 나는 나의 유년을 어떻게 탐구해야 할지 깨달았다. 그 방법은 '의식의 흐름'이었다. 에세이처럼 쓰더라도 충분히 미학적이면 소설이 될 수 있다는 것이었다. 그래서 나의 소설은 전통소설의 문법에서 벗어나게 되었다. 그 소설이 『지상에 숟가락 하나』다.

마르셀 프루스트의 7권짜리 방대한 장편소설 『잃어버린 시간을 찾아서』는 소재도 다양하고 주제도 여러 가지로 복합적이다. 귀족과 부르주아 계급의 생태를 그린 풍속소설로 읽을 수도 있고, 인간 심리의 메커니즘을 치밀하게 탐구한 심리소설로도 읽을 수 있고, 또 어떤 부분은 철학적 진리 탐구의 관념소설로도 읽을 수 있다. "작품의 소재는 아무래도 좋다. 생각에 따라서는 모든 것이 소재가 된다"라고 말한 그는 전통적 의미의 이른바 '큰' 주제 대신에 자신의 일상에 부침하는 사물들을 응시하고 그 숨은 의미를 탐구해 그 사소한 것들마저 놀라운 미학으로 극대화한다. 그래서 그의 문학의 위대함은 탐구적이면서 아름다운 독특한 예술형식에 있는 것이지, 스토리 전개에 있지 않다.

누보로망의 효시라고 일컫는 이 소설은 주제나 스토리에 있어서 전통의 규율을 벗어나 있다. 그는 사물을 분석해 여러 개의 파편으로 해체한 다음, 그것들을 종전과 전혀 다른 모습으로 다시 종합해낸다. 그렇게 창조해낸 그의 문학적 건조물은 눈이 부실 정도로 아름답다. 그것을 가능하게 한 뛰어난 지성과 감수성은 오직 천재만의 자질일 것이다. "그의 문장은 어떤 시보다도 시적이다"라는 평가는 결코 과장이 아니다.

12년 동안 천식을 앓으면서도 오로지 그 작품 쓰기에 매달린 무서운 집념, 그러다가 어느 날 밤 과로로 펜대를 쥔 채 쓰러지고 만 그를 생각하면 마음이 숙연해진다. 그는 평생 이 작품 하나만 썼다고 해도 그리 틀린 말은 아니다. 이전에 두어 편의 짧은 작품들이 있기는 하지만, 이 위대한 하나의 작품을 위한 습작에 불과하다. 그는 이 단 하나의 작품을 쓰기 위해 운명적으로 태어난 사람이다.

이 작품은 예술가의 자전적 소설이라고 할 수 있다. 그는 일상에서 만난 사람과 사물들이 주는 인상을 탐구하면서 벌이 꿀을 모으듯이 계속 메모했고, 그 메모가 쌓여서 이 작품의 재료가 되었다. 물론 이 작품을 좋아하지 않는 독자나 작가도 많을 것이다. 그 당시에는 지금보다 비판자가 더 많았다. 지나치게 분석적이고 과학적이라고, 뭘 그렇게 쓸데없이 시시콜콜 캐느냐고, 사물을 맨눈으로 보지 않고 현미경으로 본다고 비판했다. 나도 이 소설의 모든 부분을 좋아하는 것은 아니다. 이 소설을 위대하게 만든 것이 다름 아닌 이 도저한 분석 정신이긴 하지만, 그것이 여기저기에 불필요하게 혹은 과도하게 사용되어 눈에 거슬리는 것도 사실이다.

무엇보다도 가장 큰 나의 불만은 그의 귀족적 취향이다. 예술로서의 소설 쓰기를 갈망한 그의 일상은 거의 글쓰기와 책 읽기 그리고 고급 살롱의 사교 활동으로 구성되다시피 했다. 그래서 이 작품 속에 철학·음악·미술에 대한 담론이 지루할 정도로 자주 나온다. 나는 그 부분들은 읽지 않고 건너뛰었다. 특히 이 소설 곳곳에 깔려 있는 부르주아적 삶, 즉 허영과 가식의 속물주의가 싫었다. 그래서 그것 역시 반쯤만 읽고 넘겨버렸다.

그러나 그가 부르주아적 편안한 일상에 안주한 것만은 아니었다. 이 소설의 여러 주제 중 하나인 동성애 이야기에 '암컷 남자' '수컷 여자'란 표현이 나오는데, '암컷 남자'로서 동성애 성향을 지닌 그는 금기에 도전해 동성애에 대해 대담하게 발언하기도 했다. 동성애에 대한 본격적인 미학적 탐구는 프루스트가 최초다. 그것을 담아낸 문장들이 참으로 정교하고 아름답다.

당시에도 프루스트는 마흔 살이 되도록 사교계에 드나든 속물이라고 다른 문인들에게 무시당한 바 있다. 『신프랑스』지의 대표 앙드레 지드가 처음에 이 작품의 출간을 제안받고 서너 페이지를 읽어보다가 집어던진 것도 비슷한 이유에서였다.

그러나 그러한 결점에도 불구하고, 그 작품 속에는 놀랍게도 완전히 새로운 형식의 예술이 창조되어 있다는 걸 나중에 깨달은 지드는 프루스트에게 사과의 편지를 보내기까지 했다. 프루스트를 부르주아 사교계에나 출입하는 속물 아마추어 작가로만 착각했다고, 일생일대의 가장 뼈아픈 후회와 가장 큰 양심의 가책을 느끼고 있다고 했다.

이렇게 어떤 부분들에 대해서 다소 불만이 있을지라도 이 작품의 위대성 자체를 부인할 사람은 이제 아무도 없을 것이다. 그는 제임스 조이스, 프란츠 카프카와 더불어 문학사상 가장 독특하고 개성적인 예술을 만들어낸 예술가다.

큰 이야기, 강한 이야기

무한질주, 모두가 달려간다. 승자독식의 이 속도전에서 낙오자가 되지 않기 위해서 우리는 모두가 정신없이 죽을 둥 살 둥 달려간다. 제정신을 놓고 무언가에 홀려서 막무가내로 달려간다.

이 대열을 선두에서 이끌고 있는 자는 알록달록 광대 옷을 입은 마술피리의 사나이, 파이드 파이퍼임이 분명하다. 괴테의 글에도 그림 형제의 동화에도 나오는 음울하고 불길한 전설의 그 사내는 마을에 들끓는 쥐를 퇴치해달라는 부탁을 받고 마술피리로 쥐 떼를 유인해 강물로 끌고 가 수장시킨다. 하지만 마을 사람들이 그 대가를 지불하지 않자 화가 나서 그와 똑같은 방식인 마술피리로 수백 명의 마을 아이들을 꾀어내 어디론가 데려가서 돌려보내지 않았다는 이야기다.

현대의 파이드 파이퍼는 속도와 향락적 소비의 이데올로기다. 그 달콤한 피리 소리는 우리를 홀려내서 어떤 파국으로 이

끌고 가는 것일까?

지금 대중은 민주적 시민성을 상실한 채 단순한 상품 소비자로 전락해 있다. 문제는 소비가 아니라 낭비이며 그중에 가장 치명적인 것이 엔터테인먼트의 향락적 소비다. 모든 것이 (슬픔까지도) 엔터테인먼트의 대상이 되고 있는 것이 현실이다. 진실이나 정의 같은 진지한 주제도 재미가 없으면 소비되지 않는다.

수많은 엔터테인먼트 프로그램이 스마트폰에 장착되어 있는데, 그중 상당수는 저질의 것이다. 그래서 '엔터테인먼트의, 엔터테인먼트에 의한, 엔터테인먼트를 위한' 사회라고 말할 수도 있겠다. 정신적 가치는 박대당하고, 물질적 가치와 말초적 감각만 대서특필된 곳에 인간 본연의 모습은 없다. 시민도 민중도 없고 향락적 소비자만이 있을 뿐이다.

이 가벼움을 이겨낼 자는 없다. 참을 수 없는 가벼움이지만, 그걸 참아내지 않으면 조롱거리밖에 안 된다. 마술피리 소리에 이끌려 우리는 무작정 앞으로 달려간다. 현란한 엔터테인먼트에 실려 쾌속으로 달린다. 그 쾌속만큼이나 빨리, 인간의 소중한 가치들이 과거의 이름으로 폐기처분되고 있다.

이러한 상황에서 인간의 소중한 가치들을 보듬어온 소설문학은 위축될 수밖에 없다. 지난 1990년대 이후 지금까지 소설 문학은 급속도로 격조와 품위를 잃고 시장의 상품으로 전락해 대중에게 푸대접받는 찬밥 신세가 되어버렸다. 책을 많이 읽고 진지한 문학을 사랑하던 지난 1980년대와 같은 시절은 이제 다시는 오지 않을 것인가? 문학이 파이드 파이퍼와 싸워야 하는데, 적은 숨어 있어 보이지 않고, 그가 부는 마술피리 소리는 달콤해 명령이 명령으로 느껴지지 않고 억압이 억압으로 느껴지지 않는다. 보이지 않는 명령자를 상대로 싸운다는 것은 유령과의 싸움처럼 승산이 없어 보인다.

소설문학이 유례없이 이렇게 의기소침해진 데는 앞에서 언급한 적대적 환경이 가장 큰 문제이겠지만, 리얼리즘의 문학을 줄기차게 매도해온 일부 잘나가는 평론가들의 공헌(?)도 적지 않을 것이다. 그들은 어처구니없게도 대중이 파이드 파이퍼에 의해 마취된 채 끌려가는 지금의 현상을 매우 긍정적인 포스트모던 현상이라고 보고 있다.

좀 거칠게 말해서, 1980년대 한국문학의 영토는 거의 리얼리즘의 것이었다고 해도 과언이 아닐 텐데, 민주화운동이 끝나자마자 기다렸다는 듯이 그들은 그러한 현상을 두고 '리얼리즘의 독재'라고 불렀다. 정치적 독재에 맞섰던 문학담론을 부당하게도 독재와 동일시했던 것이다.

그들은 리얼리즘의 거시서사에 대한 반동으로 미시서사를 옹호한다. 물론 치밀한 미학적 고려가 없는 리얼리즘, 혹은 거시서사는 거부당해야 마땅하지만, 그들은 거의 습관적으로 리얼리즘을 싫어한다. 마치 닭고기에 체한 경험이 있는 자가 닭고기만 보면 계속 속이 언짢아지는 것처럼.

이러저러한 사정으로 거시서사가 지리멸렬해진 지금, 소설 문학은 모기 다리에 털이 몇 개냐를 따지는 식의 미시서사로 한없이 졸아들고 있다. 물론 인간 삶의 세목, 일상에 대한 이야기는 중요하다. 다만 너무 사소한 것에 몰두해서 지나치게 자폐적이어서는 안 된다는 것이다. 진지한 거시서사 없이 생기 부족한 미시서사만으로 독자를 끌어들일 수는 없는 것이 아닌가.

아무리 지금의 현상이 그렇더라도 문학이 죽었다고 함부로 말하지 말자. 이제라도 우리 문학이 달라져야겠다는 결심이 필요하다. 문학이 죽었다는 것은 그 사회의 진실이 죽어 있다는 뜻이 아닌가. 왜냐하면 문학이야말로 진실을 담을 수 있는 유일한 그릇이기 때문이다. 오직 문학만이 진정한 이야기를 할 수 있다. 물질적 가치 대신에 정신적 가치를 옹호하는 일은 문학만이 할 수 있다.

문학의 상업주의를 배격하고, 동시에 일상과 미시를 절대시하는 편견도 버리자. 일상의 작은 이야기도 물론 중요하지만 큰 이야기, 강한 이야기도 중요하다. 거시서사의 복권을 위해 물심양면의 격려가 필요한 때다.

한라산과 문학

제주도를 소재로 한 문학 중에 국문학상 중요한 위치를 차지하는 세 작품이 있으니, 최부와 장한철의『표해록』과『배비장전』이 그것이다. 그중에 장한철의『표해록』은 제주인이 쓴 작품으로 뛰어난 해양문학으로 평가받는다.

『표해록』에 의하면 저자 장한철은 영조 때 사람으로 젊어서 여러 차례 향시鄕試에 합격한 수재였다. 그는 어느 해인가 고향 어른들의 권유와 관가의 원조에 힘입어 한양으로 경시京試를 보러 제주 바다를 건너가다가 홀연 폭풍을 만나 표류하게 된다. 배에 탄 일행은 장한철과 함께 과거시험을 보러 가는 다른 유생 한 명 외에 관원, 장사꾼, 사공 등 모두 29명이었다. 그들은 멀리 오키나와 열도의 어느 무인도까지 바람에 불려 흘러갔다가 돌아오는 표류생활 수십 일 동안에 21명이 익사하고 8명만 생환했다. 이 천신만고의 모험담을 쓴 글이 장한철의『표해록』이다.

최부의 『표해록』도 저자가 경차관으로 제주에 왔다가 돌아가던 중에 태풍을 만나 멀리 중국 절강성까지 흘러갔다가 육로로 고국에 돌아오면서 겪은 갖은 모험과 고초를 기록한 글이다. 이 두 『표해록』만 보더라도 범선시대에 제주 바닷길이 얼마나 험난했는지 알 수 있다.

『배비장전』에도 제주에 부임하는 목사를 태운 배가 사나운 파도에 매우 시달리는데, 그 장면에 앞서 이런 대화가 나온다.

사또가 신연 하인 현신을 받은 후 사공을 불러 분부하되,
"예서 배를 타면 제주를 며칠이나 가는고?"
사공이 분부 모셔 여짜오되,
"일기가 청명하고 서풍이 살살 불면 꽁무니바람에 양 돛을 갈라 붙이옵고 아디에서 팡팡 소리나며 배 앞 이물에서 물결 갈리는 소리가 팔구월 열바가지 삶는 소리처럼 절벅절벅하오면 일일 천 리도 가옵고, 반쯤 가다 왜풍을 만나 표류하면 영길리(지금의 영국) 가기 쉽삽고 만일 짓이 틀리오면 쪽박 없는 물도 먹고 숭어와 입도 맞추나이다."

예로부터 서울에서 제주까지를 수륙 이천 리라고 했다. 그

러니까 유이천리流二千里의 형을 받은 중죄인이 유배 1번지인 제주도에 닿으려면 그러한 위험을 감수해야 했다.

제주 바다는 여느 바다와 달리 거센 풍랑이 자주 일기 때문에 배 놓기 알맞은 날을 만나려면 두 달 이상 기다려야 하는 경우도 있었다. 이렇게 가기도 어렵고 빠져나오기도 어려운 곳이라 제주도는 예로부터 원악도遠惡島라고 불렸다. 거리가 멀고 살아가기에도 나쁜 섬, 유배지가 딱 안성맞춤인 섬이었다. 수많은 유배객들이 중앙관권에 의해 이 섬에 내쳐졌다. 망명객도 많았다.

비행기 대신 배를 타고 제주에 간다고 생각해보자. 배가 다도해의 올망졸망한 여러 섬을 빠져나와 망망대해를 한참 가다 보면 멀리 수평선에 큰 구름 떼가 잔뜩 엉겨 있는 것이 보인다. 그것이 바로 제주섬 즉, 한라산이다. 배가 가까이 다가갈수록 수평선 위에 놓여 있던 구름 떼는 점점 하늘로 쳐들려 올라가고, 한 점으로 나타난 한라산의 윤곽이 점점 확대되어 드러난다. 한라산은 해발 1,950미터의 높은 산이라 망망대해에 흘러다니는 구름이 오다가다 여기에 걸려들기를 잘하며, 한라산 봉우리는 일 년 중 구름에 덮여 있을 때가 많다.

예전에 한라산은 삼신산三神山 중의 하나인 영주산瀛州山이라고 불렸다. 신령이 깃들어 있어, 속인이 함부로 범접 못 할 비경으로 여겼다. 삼신산이란 영주산인 한라산, 봉래산인 금강산, 방장산인 지리산을 일컫는 말이다. 전 시대의 왕실은 제주에서 가끔 발생하는 민란을 두려워해 해마다 산신제 지내기를 게을리하지 않았다.

한라산의 정상 백록담에서 내려다보면 제주섬 전체가 곧 한라산임을 실감하게 된다. 망망대해에 한 점 산으로 솟은 탐라! 푸른 해역이 가없이 드넓게 펼쳐지고, 수평선은 하늘빛과 어울려 사라져버린다.

그 넓은 바다를 건너 외부 세력이 병선兵船을 몰고 떼지어 몰려왔었다. 관군 외에도 왜구, 몽골군, 이재수의 난 때 온 프랑스 해군, 태평양전쟁 말기의 일본 관동군, 해방과 함께 미군 연대… 저 무구하게 푸르른 벌판에 무수히 명멸했던 전화戰火의 불꽃들. 싸움이 있었고 죽음이 있었다. 그중에 특히 우리의 기억에 생생한 낙인으로 박혀 있는 것은 77년 전 4·3의 대동란이다. 한라산 속에 웅거하여 완강하게 저항하던 산군들, 그리고 무수히 죽어간 민간인 원혼들…

탐라 개벽 신화는 다음과 같은 내용을 담고 있다. 태초에 하늘과 땅은 구별 없이 하나로 혼합된 거대한 암흑 덩어리였다.

오랜 밤 끝에 먼동이 터오듯이 마침내 이 암흑의 덩어리에 개벽의 기운이 꿈틀거리기 시작했다. 북쪽으로 하늘머리가 쳐들리고 남쪽으로 땅머리가 쳐들려 하늘과 땅 사이에 틈이 생기기 시작하고 하늘이 점점 높이 떠올랐다. 거기에 맞붙었던 땅의 일부가 딸려 올라가 한라산이 되고 낮은 곳은 물이 흘러들어 제주 바다가 되었다. 그런 후에 하늘은 수컷이 되고 땅은 암컷이 되어 하늘에선 청이슬이 내리고 땅에선 흑이슬이 솟아나 서로 합수하니 이에 비로소 인간을 비롯한 온갖 생물이 태어나기 시작했다.

또 하나의 탐라 개벽 신화는 잘 알려진 삼성혈 신화다. 탐라에 태초에 사람이 없더니 홀연 고·양·부 세 신인神人이 땅속에서 솟아났다는 것이다. 개국 신화에 나오는 신인은 대개 한 명으로 하늘에서 하강하는 데 반해, 유독 탐라 신화만이 세 신인이 동시에 땅에서 용출했다는 점에서 특이하다. 그래서 탐라의 원주민은 한반도와 활발하게 무역거래를 벌였던 주호인州胡人이라는 종족인데, 삼국시대 초반 어느 시기엔가 제주도 전역이 대화산 폭발로 삽시에 멸망했을 때, 고·양·부는 죽지 않고 요행히 살아남은 무리의 우두머리일 것이라는 추측이 가능하다.

화산은 반드시 해일을 동반하는데, 그때의 화산 폭발을 상상해보기란 어렵지 않다. 한라산 분화구에서 용솟음쳐 나온 뜨거운 용암은 사방으로 흘러내려 숲과 들판을 태우고 곳곳에서 자화산, 즉 오름들이 불쑥불쑥 솟아오르고 산더미 같은 해일 파도는 해변을 덮쳐 인간의 거처를 쓸어버렸으리라. 화산 번개와 화산 천둥이 무섭게 내리치는 중에 화산재가 검은 눈처럼 쏟아져 온 섬을 두껍게 덮었을 것이고, 사람들은 뜨거운 용암 홍수와 해일 파도에 휩쓸려 죽거나, 매운 화산재와 가스 수증기에 뒤덮여 질식해 죽었을 것이다.

그러므로 고·양·부는 맨땅에서 솟아났다기보다는 화산폭발을 피해 동굴 속에 숨었다가 그 위로 두텁게 내리 덮인 화산재를 뚫고 생환한 사람들이라고 추측해볼 만하다. 척박하기 짝이 없는 제주도 땅의 겉흙은 대부분 화산재로 된 화산회토다.

정지용 시인은 그의 시 「백록담」에서 "해발 육천지六千呎 위에서 마소가 사람을 대수롭게 아니 여기고 산다"고 노래했다. 사정을 잘 모르는 독자는 아마도 이 시를 읽고 백록담 근처에 마소들이 있다는 대목을 의아스럽게 생각할지 모른다. 그러나 1948년 4·3 이전에는 백록담 근처에도 방목되는 마소들이 있었다. 이 높은 상산上山까지 마소를 올려 방목하던 지방은 대개 산 아래 초지가 적고 산세가 완만해 마소를 올리기 쉬운 산남의 여러 마을이었다. 조 파종을 마친 초여름에 마소를 올렸다가 조 거둘 철인 늦가을에 내리는데, 우마적牛馬賊이 없는 순박한 섬 고장이어서 테우리, 즉 목동을 붙이지 않고도 마소를 잃어버릴 염려가 없었다.

오성찬의 소설 『한라산』에는 마소 방목 풍습이 잘 묘사되어 있다. "사시사철 우마를 그냥 산속에 내버려두는 거여. 다만 초가을에 한번 몰아다 늙은 놈은 잡아먹을 소용으로 팔고, 햇것들 중에 일 가르칠 만한 것은 붙들어두지." 4·3 이전만 해도 방목하는 마소의 수는 말이 3만 2,000마리, 소는 2만 5,000마리나 되었다.

누구나 백록담의 거대한 분화구를 발밑에 두고 정상에 서면 시공을 초월하여 태초와 만나는 감회에 젖어들게 된다. 시인 문충성은 "백록담에 와서 탐라가 열리던 처음 분화구 바윗덩이들이 헐떡거리는 갈증소리를 듣나니"라고 노래했다.

백록담에서 내려와 산기슭에서부터 시작되는 초원지대에 서면, 이마 높이까지 올라왔던 먼 수평선은 나직이 가라앉아 드넓던 해역은 다시 좁아지고 그 대신 초원은 광막하게 펼쳐져 흡사 이국 땅 어느 대륙 한 끝에 선 듯 망연자실해진다. 한라산을 한 바퀴 두르고 있는 이 넓은 초원지대는 그 옛날 국마國馬를 키워 군용, 공용, 왕실용으로 나라에 진상하는 목마장으로 사용되었다.

제주에 민란의 기미를 달래기 위해 안무어사의 임무를 띠고 갔던 청음 김상헌의 저서 『남사록』에 다음과 같은 글이 나온다.

성산에서 서귀포까지 100여 리가 되는데 그사이에 인가 하나 없고 황모荒茅만 들을 덮어 극망무제한데 여기저기 말 떼들이 둔屯을 이룬 것을 볼 수 있으니 어떤 것은 수백 필에 이르고 물과 풀이 많은 곳을 찾아다니며 물 먹고 풀을 뜯는데 구름 떼가 나뉘어 흩어진 것 같더라.

그 당시 전도의 목마장 11개소에 약 1만 마리의 국마가 사육되고 있었으니 제주 벌판은 한마디로 거대한 병참기지였던 셈이다. 그러나 과중한 말 진상의 의무에 허리 펼 날이 없던 도민들에게 목마장은 괴로운 신역身役의 현장이었다.

말 떼를 돌보는 목동을 제주 방언으로 '테우리'라고 하는데

1,200명쯤 되는 이 천역賤役의 테우리들이 당하는 학대는 특히 심했다. 목초가 무성한 여름과 가을에는 말이 죽는 일이 드물었지만 풀이 말라 있는 겨울과 이른 봄에는 굶고 병들어 죽는 말이 허다했다. 말이 죽으면 털가죽을 벗겨 관가에 납부하게 되어 있는데 탐욕스러운 목사일수록 테우리에게 말을 잡아먹고 시침뗀다며 이 핑계 저 핑계 우격다짐으로 죽은 말값으로 돈을 빼앗아가기 일쑤였다.

토색질을 밝히는 탐관이 아닐지라도 제주 목사가 된 자는 무엇보다도 국마國馬 번식에 신경써야 했다. 국마 수가 줄어들면 목사가 크게 문책받게 되어 있었다. 그래서 역대 목사들은 국마의 손실만 생각했지, 백성은 염두에 없었다.

테우리가 아닌 일반 서민들도 이 벌판에 내몰려 시달리는 일이 빈번했다. 목사와 삼읍 수령이 꿩털 꽂은 전립에다 동달이를 떨쳐입고 수천 명의 촌민을 징발하여 광활한 초원지대를 종횡무진 날칠 때가 일 년 중 세 번 있었다. 하나는 봄과 가을 두 번에 걸쳐 일만 필이 넘는 국마를 목장별로 나누어 그 수효를 헤아려서 왕실에 진상할 양마良馬를 고르는 점마點馬 행사였고, 다른 하나는 진상용 노루·사슴의 가죽과 육포를 마련한다는 핑계로 역시 수천의 촌민을 몰이꾼으로 동원하여 벌판에서 수렵대회를 벌이는 일이었다. 점마 행사든, 몰이 사냥이든 간에 농번기에 여러 날 계속되기 마련이니 여간 민폐가 심한 게 아니었다.

나는 단편소설 「해룡 이야기」에서 다음과 같이 썼다.

목민牧民에는 뜻이 전혀 없고, 오로지 국마 살찌우는 마정馬政에만 신경썼던 역대 육지 목사들, 가뭄이 들어 목장의 초지가 마르면 지체없이 말을 보리밭으로 몰아 백성의 일 년 양식을 먹어 치우게 하던 마정, 백성을 위한 행정은 없고 말을 위한 행정만이 있던 천더기 땅, 천형의 땅.

이 고장 특유의 생산물인 귤은 말 진상 다음으로 중요한 진상 물목이었다. 귤나무는 강풍을 피해야 하므로 진상용 귤 과수원은 높다란 성벽 안에 마련되어 있었다. 제주 삼읍의 읍성과 대여섯 군데 방호소防護所 성 안에 설치된 귤 과수원은 42개소가 되고, 목마장의 테우리처럼 과수원을 가꾸고 지키는 과원지기가 천 명가량 있었다. 과원지기란 낮에는 농사를 짓고 밤에는 과원의 불침번 노릇을 해야 하는 괴로운 천역이었다.

과원지기들뿐만 아니라 자기 집에 귤나무가 있는 사람들도 귤을 독약 보듯이 했다. 귤이 매달릴 때가 되면 관원들이 귤나무 있는 민가를 일일이 찾아다니며 열린 귤의 수를 기록해두었다가 나중에 귤이 익으면 그 수에 맞춰 상납하도록 했다. 누가 몰래 훔쳐가거나 새가 쪼아 먹거나 간에 결손난 것은 나무 주인이 돈으로 갚아야 했다. 귤나무는 제집 울타리 안에 있는데 주인은 엉뚱한 남이었다. 그래서 뿌리에 독약을 파 넣어 귤나무를 고사시키는 일도 있었다.

　해변에 가면 이 섬이 화산도라는 것이 실감으로 와닿는다. 500여 리나 되는 섬 둘레는 용암이 식어서 만들어진 새까만 현무암으로 뒤덮여 있는데 제비 꼬리같이 날카롭게 바다로 뻗어 곶을 이룬 곳이 많다. 해변이 가까운 바닷속에도 창검같이 날카로운 현무암 암초가 도사리고 있어 웬만큼 뱃길에 익숙하지 않으면 함부로 배를 댈 수 없다. 표류기를 쓴 하멜이나 벨테브레이(박연)가 탄 배가 제주 해변에 좌초한 것도 이 암초 때문이었다. 그러나 예로부터 제주도를 자주 침입했던 왜구들은 이곳 물길 사정에 밝아서, 그들의 침입을 막기 위해 해변을 따라 400리 길이의 환해장성環海長城을 쌓았다. 그 자취가 지금도 군데군데 남아 있다.

바닷가는 이렇게 험한 수중 암초가 많은데, 그 바위들에 물고기가 모여 놀고 미역·전복·소라 등 귀한 해물이 잘 자라 바다밭을 이룬다. 자리돔이라는 물고기가 서식하는 자리밭이 있고 갈치밭이 있고 미역밭이 있다. 해녀들은 물속의 미역밭에 자맥질해 들어가 낫으로 보리 베듯 치렁치렁한 미역 다발을 한 팔 가득 베어 안고 힘껏 바닥을 걷어차 수면 위로 봉긋 떠오른다. 머리로 수면을 터뜨리며 가쁜 숨을 몰아쉬는 휘파람 소리, "호오익!"

해녀들은 뭍과 가까운 데서 물질하기도 하지만 멀리 떨어진 암초섬에 배를 타고 나가기도 한다. 발동선이 흔치 않던 20여 년 전만 해도 해녀들이 노동요를 부르며 직접 노를 저어 거친 파도를 헤쳐나가는 광경을 흔히 볼 수 있었다.

전 시대의 해촌 백성들도 과중한 진상물을 마련하는 일에 시달렸다. 아낙네들은 전복·소라·미역을 따러 한겨울에도 창파에 몸을 던졌고 남정네는 배를 타고 옥돔이나 오징어를 잡는 외에도 진상물을 나르기 위해 뱃사공으로 징발되곤 했다. 특히 남정네는 왜구의 침입에 대비해 불침번까지 서야 했으니, 그야말로 삼중고의 질곡이었다.

김상헌의 『남사록』에 다음과 같은 글이 적혀 있다.

18일―새벽부터 눈비가 내림. 제주객사에 머물다 사람이 와서 알리기를 전판관前判官 호송선 한 척이 바다 한가운데에서 침몰하여 사공 42명과 우마 23마리가 모두 빠져 죽었다고 하였다.

옛날에 제주와 육지를 왕래하던 배들은 마소와 미역을 싣고 가 쌀과 바꿔오는 소수의 장삿배들 외에는 모두 공용으로써 조정에 바치는 진상품이나 관원, 유배인들을 실어 날랐다. 사공들은 일 년 중 적어도 서너 번은 그 험한 바다를 왕래해야 하므로 항시 죽음이 그림자처럼 따라다녔다. 배가 가라앉아 돌아오지 않은 사공이 1년에 100명이 된 적도 있었다. 『남사록』에는 다음과 같은 참혹한 정상이 적혀 있다.

제주인 소효지가 이렇게 말하였다.
"우리 제주는 멀리 대해 가운데 있어 파도가 다른 바다에 비해 매우 사나운데도 진상선과 상선이 전후해서 끊임없이 이어지고, 그러다 보니 자연히 제주 선인 열에 다섯은 표류되거나 표몰되어 죽기 마련입니다. 그래서 해촌에는 남자 무덤이 아주 적고, 마을에 따라서는 여자 많기가 남자의 세 갑절 됩

니다. 그래서 부모된 자가 여아를 낳으면 좋아하고 남아를 낳
으면 '이것은 우리 자식이 아니라 고래밥이다' 하면서 통곡합
니다."

고래밥이 된다는 것은 바다에 익사하여 물고기 밥이 된다는
것을 과장해서 한 말이다. 해촌에 남자 무덤이 적고 남자 수가
적은 것은 익사 사고 때문만은 아니었다. 해촌 백성들 중에는
사공 노릇이나 군역과 진상물의 엄청난 수량을 견디다 못해
처자를 버리고 섬 밖으로 도망치는 남자들도 허다했다.
  그래서 백성이 도망 못 가게 출륙금지령이 내려졌다. 출륙
금지는 인조 때에서 순조 때에 이르기까지 200년간 계속되었
으니, 제주도는 그야말로 물 위에 떠 있는 감옥이나 다름없었
다. 그러한 학정을 견디다 못한 백성들이 아우성치며 일어나
민란을 일으킬 때가 종종 있었다. 조선 후기에 발생한 강제검
의 난, 방성칠의 난, 이재수의 난 등이 그것이다.
  일제강점기에도 저항운동이 면면히 이어졌다. 보천교사건,
3·1만세사건, 해녀봉기사건, 그밖에도 각종 항일 비밀결사,
농민운동 등이 있었다. 그중에 가장 탁월한 반일투쟁은 일제
의 수탈에 온 섬의 해녀들이 들고일어난 해녀봉기사건이었다.

젊은 지식인들이 배후에서 조직한 이 집단행동은 육지에서 경찰대를 파견할 정도로 맹렬한 운동성을 보여 마침내 요구 조건을 관철시키는 데 성공했다.

그러나 이 사건의 주모자들은 지식인은 물론 해녀들까지 모진 고문을 받고 수형 생활을 해야만 했다. 이 사건은 항일운동의 성격 외에도 오랜 세월 동안 천시당하던 해녀들이 신분의 한계를 극복하고 자존自存을 획득하게 되었다는 상징적인 뜻도 지니게 되었다.

해변에서 1.2킬로미터 떨어져 섬을 한 바퀴 도는 국도를 '일주도로'라고 하는데, 초원이 끝나는 데서 거기까지를 흔히 '중산간'이라고 한다. 예로부터 제주의 촌락은 반농반어半農半漁의 갯마을과 농사·목축을 위주로 하는 중산간 마을로 구별된다. 4·3의 대동란으로 피해를 안 본 곳은 없지만 특히 중산간지대는 완전히 붕괴되어 한때 지도상에서 지워진 적까지 있었다.

토벌대의 무자비한 삼광三光작전(모두 죽이고, 모두 빼앗고, 모두 불태워라!)에 따라 초토화된 중산간 마을이 200여 개였고, 수많은 사람이 학살당했다. 인간들뿐만 아니라, 방목 중이던 마소들도 수없이 죽어갔다. 토벌대에 쫓긴 청년들이 산군이 되어 입산해 있었는데, 마소들이 산군의 양식이 된다고 쏘아 죽였던 것이다.

4·3은 양민 3만 명이 학살당한 사건이었다. 몇 해 후 그 난리가 끝나고 한라산이 개방되었을 때, 목장에 고사리를 꺾으러 가면 풍우에 곱게 닦인 사람과 마소의 백골, 삭은 고무신짝이 여기저기 흩어져 있는 게 보였다.

제주 공항의 활주로 밑에는 아직도 많은 유골들이 깔려 있다. 시인 김수열은 이렇게 탄식한다. 비행기들이 아스팔트를 "차오르고 내려앉을 때마다 뼈 무너지는 소리를 듣는다. 빠직 빠직 빠지직"이라고. 제주에 4·3 문학이 생기게 된 이유다.

4·3의 현장은 이제 쪽빛 바다를 배경으로 음영 짙은 검은 돌담, 진초록의 보리밭, 샛노란 유채밭이 아기자기한 모자이크를 이루는 아름다운 풍경으로 변해 있다. 4·3의 한 많은 세월을 아스팔트로 깔아뭉개고 관광도로가 이 섬의 산야를 종횡무진으로 질주한다.

4·3의 참사를 나름대로 고심참담하게 여러 차례 소설 형식으로 묘사해봤지만 남는 건 번번이 허탈감뿐이었다. 용기와 역량 부족을 실감해야 했다. 나를 포함해서 이 섬의 토박이라면 정도의 차이는 있겠지만 누구나 지금도 예외 없이 앓고 있

는 정신적 외상, 뿌리 뽑히지 않은 피해의식도 그 참사에서 연유한 것이다.

그 시대가 역사의 치부라고 해서 역사에서 낙장落帳시킬 수 있을까. 금기의 시대로 덮어두면 둘수록 역사는 전철을 되풀이할 뿐 한치도 발전할 수 없다. 자기의 불행한 과거에서 교훈을 배우지 못하는 민족은 계속 그러한 불행을 되풀이하게 될 것이라고 우리는 믿는다.

우리 문학의 슬픈 상처

　파행과 굴절의 현대사 속에 몸 담고 문학적 생애를 살다가 타계한 미당 서정주를 두고 세간에서 그의 친일·친독재 경력에 대한 논쟁이 뜨겁게 달아오른 적이 있다.

　이 일과 관련해서 기성세대를 향한 일부 젊은이들의 비웃음도 들려온다. 당신들이 오죽 못났으면, 반세기가 훨씬 넘도록 친일 문제를 해결 못 한 채 지금도 그 타령이냐고. 그런데 그것이 역사의식이 담긴 분노의 목소리가 아니라, 마치 남의 일이기나 한 듯이 무관심과 냉소의 목소리여서 문제다.

　그토록 오랜 세월 동안 친일 문제를 청산하지 못한 것은 친일분자들과 그 상속자들이 역대 독재정권의 핵심 세력이 되어 있었기 때문인데도 많은 젊은이들이 그런 사실을 별로 알지도 못하고, 또 알려고도 하지 않는다. 소비향락 문화의 압도적인 영향을 받고 있는 그들에게 '역사' '민족' '공동체' 같은 화두가 안중에 들어올 리 없기 때문이다.

그러므로 자라나는 세대에게 정당한 역사의식을 심어주고 오욕의 역사를 다시는 되풀이하지 않기 위해서는, 때를 놓쳐 기회를 잃고 탄식하는 만시지탄晚時之歎일지언정 반드시 친일 문제는 짚고 넘어가야 한다.

미당은 타자가 아니라 문인인 우리 자신의 미운 일부, 우리 내부의 해묵은 상처나 다름없다. 그를 비판한다는 것은 우리 자신의 아픔이기도 하다.

우리는 우리 아버지, 우리 할아버지의 죄과를 대신 뉘우치는 심정으로 이 천재 시인의 죄과를 대신 고해해야 한다. 우리 현대문학의 병든 체질을 개선하고 그 정체성을 바로잡으려면 그 상처를 은폐할 것이 아니라 적극적으로 드러내 치료에 호소해야 하는 것이다. 거대한 시대적 구도 속에 던져진 개인의 선택이란 어쩔 수 없었다거나 미당이 우리 현대 시에 미친 공이 그의 흠결을 덮고도 남을 만하다고 주장하는 사람들이 많다. 과연 그런가?

연일 기승을 부리는 불볕더위를 견디느라 심신이 파김치가 되어 있는 터에, 막상 이 까다로운 글을 쓰자니 기분이 영 언짢다. 지금 나는 무더위에 연상 삐질삐질 땀을 흘리고 있는 중이다. 문득 내 몸의 7할이 물로 구성되어 있다는 생각과 함께,

"스물세 해 동안 나를 키운 건 8할이 바람"이라는 미당의 유명한 시구가 떠오른다.

그러나 그것은 단지 시적 수사일 뿐, 실제로 그를 키운 것은 8할이 식민지적 상황이었을 것이다. 을사늑약 이후 40년이란 일제 강점의 긴 세월을 겪어야 했던 식민지 문인들의 왜곡된 내면 풍경을 우리는 얼마든지 미루어 짐작할 수 있다.

그 가혹한 암흑기를 통과하는 과정에서 적잖은 문인들이 친일의 흠집을 입게 되었다. 그 부끄러운 상처들을 함께 안고 가야 하는 것이 한국문학사의 슬픔이고, 미당을 바라보는 우리의 슬픔인 것이다.

친일의 정도를 가리지 않고 일괄 단죄를 주장하는 과격한 논자들도 있다. 하지만 그것은 결코 옳은 생각이 아니다. 도덕적·정치적으로야 옳지만, 그렇게 되면 우리의 문학 자산에 메꿀 수 없는 큰 공백이 생기기 때문이다. 도덕적·정치적 과오는 비판하되 작품은 인정해주자는 것인데, 그것조차 제대로 안 되고 있는 현실이 문제인 것이다. 예컨대 미당의 과오가 제대로 비판되고 있다면, 왜 그의 시들이 사회교육의 가장 중요한 텍스트인 중·고교 교과서에 제일 많이 실리고, 사회적 공기인 언론사가 그의 이름으로 문학상을 제정하는 어불성설이 저질러지겠는가.

더구나 미당은 친일에 친군사독재까지 겸했으니, 그 과오가 결코 가볍지 않다. 일부 보수 언론의 교활한 생리가 한 개인에게 체화되어 나타난 것이 바로 미당의 초상이라고 할 수 있다. 지금 출발하는 기차라면 그것이 어디를 향하든지 무조건 편승하는 것이 그의 삶의 방식이었다.

좋은 게 좋다는 천박한 현실주의자, 일본제국주의든 제5공화국이든 간에 군사 파시즘을 만나는 순간, 총구와 군홧발의 그 압도적인 힘에 본능적으로 매료되어 자신을 해체시켜 그 권력의 일부가 되어 해방과 자유를 경멸했던 그러한 인물이 마치 민족시인인 양 떠받들어지고 있으니, 이게 웬일인가!

그의 지지자 중에는 그가 교활한 현실주의자라기보다는 정치 생리를 너무 몰라 그렇게 된 것이라고, 문학에는 천재인데 정치에는 바보였다고, 마치 그 과오가 그의 천재성의 불가피한 부산물인 양 궁색하게 변호하는 이들도 있다. "미당이 우리 현대 시에 미친 공이 그의 흠결을 덮고도 남을 만하다"는 것도 그와 똑같은 궤변이다.

물론 나도 그의 문학적 천재성을 인정한다. 그래서 미당에 대한 나의 감정은 분노라기보다는 막막한 슬픔인 것이다. 그러나 천재성이 면죄부가 될 수는 없다. 역사적으로 일본은 우리의 숙명적 타자이거니와, 친일의 흠집이 있는 사람을 민족시인인 양 공동체의 공적 영역에서 대서특필한다면 우선 일본의 비웃음을 사지 않겠는가. 일본 교과서 왜곡을 따지기에 앞서 우리 교과서에 무엇이 실려 있는지 살펴볼 일이다. 요컨대 미당의 시를 사적 영역에서는 얼마든지 향유하되 그것을 공적 영역, 특히 공동체의 대의와 관계되는 곳에는 갖다놓지 말자는 것이다.

사월의 노래

계엄령과 고문

계엄령은 독재를 하고 싶어 목말라 하는 자의 비열한 수단이다. 윤석열의 계엄령은 46년 전 내가 겪은 전두환의 계엄령을 상기시켰다. 계엄령은 언제나 광범위한 체포와 투옥, 무자비한 고문을 전제로 한다. 만약 윤석열의 계엄령이 성공했다면, 틀림없이 그러한 공포정치가 재현되었을 것이다.

1979년 11월, YWCA 위장결혼식 사건과 관련해 포고령 위반으로 보안사에 잡혀간 나는 그 무렵 발간된 소설집 『순이삼촌』 때문에 혹독한 고문을 당해야 했다. 그들은 나를 3일간 고문하고 1개월 가까이 감옥살이를 시켰는데, 다행히 국가보안법으로 걸지는 않았다.

석방되고 열흘쯤 지났을 때, 나를 고문했던 자들 중 하나가 전화를 했다. 지옥에서 벗어났다고 생각했는데, 저승사자의 목소리가 느닷없이 들려온 것이다. 두려워서 온몸이 덜덜 떨렸지만 나는 이를 악물고 안간힘을 다해 두려움을 밀어내면서 말했다.

"당신, 나한테 해도 해도 너무했어요! 사람이 어떻게 그럴 수 있어요?"

"뭐, 이 새끼 봐라! 아직도 정신 못 차렸어! 너 또 잡혀 와서 맞아볼래?"

"아이고, 아닙니다, 아닙니다!"

"좋아. 그건 그렇고, 그 책,『순이 삼촌』은 어떻게 됐어?"

"네? 아, 재판에 들어갔습니다."

"뭐, 재판? 그거 재판에 안 걸기로 했다고 들었는데…"

"아니, 그런 재판이 아니구요… 초판 찍은 지 한 달 만에 책이 다 팔려서 재판에 들어갔다는 말입니다."

"뭐, 초판이 다 팔렸어? 다시 책을 찍는다고? 허어, 그거 큰일인데! 하지만 그래 봤자 결과는 뻔해. 곧 판매금지 조치가 있을 테니까."

그러니까 나를 법정에 세우는 것이 그들은 부담스러웠던 모양이다. 재판에 회부하면 30년간 무섭게 단속해온 4·3의 금기가 법정 토론을 통해 일부나마 공개되게 마련이니까.

석방되고 얼마 지나지 않아 나는 문단의 몇몇 젊은 후배들에게도 그 고문 이야기를 들려주었다. 고문 사실을 공개하면

다시 잡아들이겠다고 위협당하고 있었지만, 말하지 않고는 도저히 견딜 수가 없었다. 나는 그 후배들이 내가 당한 고통에 공감하고 분노해주기를 기대했다. 하지만 그들은 그렇지 않았다.

고문 장면을 너무 실감나게 묘사해서 그랬던가. "그 고문의 고통은 죽음 직전까지 몰고 가는 극단의 고통이었다"는 말에 그들의 눈빛이 분노로 빛나는 것이 아니라 흰 막이 낀 듯 흐릿해졌다. 실망스러웠지만 충분히 그들을 이해할 수 있었다. 사람은 생명체인데, 생명을 위협하는 고문 이야기에 공감이 아닌 본능적 거부감이 드는 것은 당연한 일이었다.

그러나 나는 말하지 않을 수 없었다. 아직도 가슴을 짓누르는 고문의 공포를 극복하기 위해서는 그럴 수밖에 없었다. 그래서 몇 년 후에 출간된 나의 장편소설 『누란』에 내가 겪은 고문 이야기를 싣게 되었다. 독자들이 좋아하지 않을 줄 알면서도…

독자들의 반응은 예상한 대로였다. 끔찍한 고문 장면에 질려 더 이상 읽지 못하고 책을 내던지기도 했던 모양이다. 죽음 직전까지 다가간 것이 고문인데, 그런 적나라한 고문의 묘사를 누가 즐겨 읽겠는가.

그랬다. 고통은 뼛속까지 사무치게 하고 골수를 울렸다. 고문자들은 내 몸속으로, 내 두뇌 속으로 날카로운 나이프처럼 뚫고 들어오려고 했다. '육체를 때려 부수면, 영혼도 함께 부서질 것'이라는 신념으로 모진 공격이 이어졌다. 타격당하는 몸이 나를 배반하고 나의 적이 되어 무자비하게 나를 공격해왔다. 오, 몸을 벗어 버릴 수만 있다면! 몸을 벗어 버린다는 것은 죽음을 의미하는데, 죽고 싶어도 죽음이 허용되지 않는 상태를 유지하는 것이 고문이었다. 고통받는 육체 속에 갇힌 영혼은 독가스 가득한 좁은 공간의 새처럼 미친 듯이 파드득거리며 이리저리 사방 벽에 마구 부딪히는 듯했다. 영원히 끝날 것 같지 않은 고통의 시간이었다.

고문당하는 나의 얼굴 모습은 어떠했을까? 화가 뭉크의 「절규」에 나오는 그 일그러진 얼굴을 떠올려보지만, 내 입에서 감히 절규가 나왔을 리는 만무하다, 절규가 아니면 비명이었을까?

그런데 비명을 지른 기억도 없다. 아마도 비명이 아니라 헉헉 토막 난 신음이었을 것이다. 나의 모든 기력, 모든 감각이 온통 타격의 고통을 견디는 데 집중되었기 때문에 비명 지를 간발의 틈도 없어, 헉헉헉헉 오직 토막 난 신음소리만 토해졌을 것이다.

고문의 고통을 사실 그대로 묘사하기는 불가능하다. 『누란』에서 나는 그 고통을 묘사해보려고 애썼지만, 족탈불급足脫不及이었다. 그 고통의 질을 묘사할 수 있는 언어는 없다. 그 고통은 무엇에도 비교할 수 없는 절대적인 것이었다.

전두환의 계엄령 속에서 수많은 사람이 그렇게 고문을 당했다. 독재정권이란 고문 위에서 세워지는 체제다. 이승만·박정희에서 전두환으로 이어진 계엄의 역사, 그것을 종식시키기 위해 민중은 얼마나 오랫동안 지난한 싸움을 벌였던가.

그런데 이게 웬일인가! 민주화의 성취로 아주 사라진 줄 알았던 계엄령이 45년 만에 다시 나타났다. 윤석열의 계엄령이다. 계엄령 하에 내가 겪었던 고문의 기억이 생생하게 되살아나 몸이 덜덜 떨렸다. 계엄령이 무엇인지, 군사독재가 무엇인지 잊어버릴 정도로 오랫동안 민중은 비교적 자유로운 일상을 누려왔는데, 그 일상을 일순간에 깨뜨리면서 계엄령이 떨어진 것이다. 윤석열은 오랫동안 죽어 있던 계엄령을 되살렸다는 점에서 그의 선배인 이승만·박정희·전두환보다 더 죄질이 나쁘다고 말할 수도 있을 것이다.

윤석열의 계엄령은 우리를 경악하게 했다. 그리고 우리를 깨닫게 했다. 계엄령은 영원히 죽지 않는 생물과 같다는 것을,

어둠 속에 숨어 있다가 공동체가 정신적으로 아주 느슨해지면 빈틈을 찾아 불쑥 나타난다는 것을, 민중이 방심하면 단단하다고 여긴 민주주의에 균열이 생기고, 그 균열에 윤석열과 같은 독버섯이 생긴다는 것을.

시간

커피 한잔을 시켜놓고 그대 오기를 기다려 봐도
웬일인지 오지를 않네, 내 속을 태우는구려

약속 시간에 나타나지 않는 연인을 애타게 기다리는 마음을 펄 시스터즈는 이렇게 노래했다. 애타게 기다리는 자에게 시간은 매우 더디게 간다. 오 분이 한 시간 같고, 십 분이 두 시간 같게 느껴진다. 그야말로 일각이 여삼추인 것이다. 그런가 하면 연인을 만나서 보내는 시간은 또 얼마나 빨리 가는가. 이렇게 사랑은 우리 내면에서 시간을 만들어낸다. 주관적 시간 관념이다.

아이들은 아직 성장 중이라 꽁지가 덜 자란 풋닭처럼 꺼벙한 꼴인데, 빨리 자라서 어른이 되고 싶은 그 아이들에게 시간은 너무나 더디게 흘러갈 것이다. 아이로서는 시간이 참을 수 없게 느리게 느껴지겠지만, 어른의 눈에는 아이의 성장 속도가 오뉴월 장마에 오이 크듯 매우 빨라 보인다. 아이가 그렇게 가속도가 붙은 듯이 무럭무럭 자라나는가 하면, 노인은 노화에 가속도가 붙어 빠르게 늙어간다.

감옥의 시간은 느리다. 감옥은 시간을 더디 가게 해서 벌주는 곳이다.

시간이 멈춰 있는 경우도 있다. 4·3의 대참사에서 간신히 살아남은 이들에게 시간은 흘러가는 것이 아니라 아예 멈춰 있는 것이다. 깊은 트라우마의 우물에 잠겨 있는 그들은 지금의 시간이 아니라 그때를 살고 있다. 그들은 일상에서 말을 별로 하지 않고 살아간다. 매사에 먼저 입을 여는 일이 없고, 물어야 대답하는데 그것도 대개는 말이 아니라 눈빛으로 하는 대답이다.

농경시대의 인간은 일출과 일몰, 사계절의 순환에 따라 삶을 영위했다. 농경인의 시간이 순환적 시간이라면, 현대인의 시간은 직선이다. 빨리 가면 갈수록 시간은 우리 앞에서 달아나고, 천천히 가면 시간은 우리 뒤에서 천천히 따라올 것이다. 현대인들은 시간이 시키는 대로 노예처럼 종종걸음치며 앞으로 직진한다. 시간을 잘게 쪼개고 그 쪼개진 시간에 따라 움직인다. 불안이 끼어들까봐 빈 시간을 두려워하고, 지금 하는 일이 옳은지 그른지, 종국에는 노력의 가치가 없을 것으로 판명 될 것에도 편집증적으로 몰두한다.

평생 거의 똑같은 일을 하며 살았다면, 오랜 세월이 지나 돌이켜보았을 때 인생이 너무 짧게 느껴질 것이다. 그 인생의 내용이 단 하루로 축소된 것처럼 느껴지는 것은 인간 본연의 모습이 아니지 않은가.

시간은 우리가 숨 쉬는 공기처럼 어찌할 수 없는 것이 아니다. 시간의 억압에서 어느 정도 자유로워질 필요가 있다. 천편일률적 시간의 흐름에서 잠깐씩 벗어나 자신을 돌아보고, 자신의 일상에 조금씩 변화를 주는 일이 중요하다. 그것이 '일상의 모험'이다. 일상의 작은 모험들이 밋밋한 시간의 흐름에 의미와 색채를 부여할 것이다. 물론 익숙한 일상의 관행에서 벗어나는 일은 쉽지 않다. 그래서 자연을 가까이하고, 책을 읽는 일도 도전이 되고 모험이 된다. 지하철에서 승객들 대부분이 스마트폰을 들여다보고 있는데, 오직 한 여인만이 책을 읽고 있다면 그 도전적인 모습이 얼마나 아름다울 것인가! 그 모습이 '진정한 삶에는 책이 있다'라고 말하고 있는 것이다.

4·3을 어떻게 볼 것인가

4·3 때 지도부가 표방한 슬로건을 보면 그 봉기가 가혹한 탄압에 대한 부득이한 항쟁이었고 계급 이념보다는 반외세 자주화의 이념에 바탕을 두고 있음을 알 수 있다. 요컨대 그것은 강요된 항쟁이었다.

제주도는 전통적으로 계급의 분화가 뚜렷하지 않은 비교적 평준화된 공동체였다. 비록 그것이 가난의 평준화이긴 하지만 말이다. 땅이 워낙 척박한 고장이라 누구든지 노동을 하지 않으면 생활할 수 없는 형편이니 반상의 구별이 뚜렷했을 리가 없다.

상부상조로 결속된 그 공동체를 침해하는 외세는 두 종류였다. 중앙정부에서 총독처럼 파견되는 경래관京來官 무리들과 이민족인 몽골, 천주교를 앞세웠던 프랑스, 일제 등이 그들이었다. 공동체의 공동이익과 공동선을 해치는 외세에 대항하는 방식도 공동체적이어서, 농민·어민·지식인 할 것 없이 모두

한 덩어리가 되어 싸웠다.

육지인들은 도민의 배타성이 4·3의 한 원인이라고 하지만, 그 배타성은 순수 아리아족의 혈통을 내세운 나치의 독선적이고 공격적인 배타성이 아니라 강력한 외세에 대한 약자로서의 부득이한 생존 양식이었다. 국가의 경우에도 건전한 배타성을 토대로 하지 않은 자주와 독립은 허망한 것이 아닌가. 4·3 당시 점령군인 미군을 외세로 파악했던 도민의 관점은 오늘에도 변함없이 유효한 것이다.

회고컨대 탐라가 고려에 일개 군으로 복속된 이후 현대에 이르기까지 막중한 납세와 병역의 의무만을 지워놓고 차별 정책을 쓰는 중앙정부에 반대해 크고 작은 저항운동이 그치지 않았다.

고려 때 일어난 여러 싸움 중에 특기할 것은 삼별초 항쟁이다. 탐라인들은 김통정의 삼별초와 함께 1만의 여몽연합군에게 대항하여 싸우다가 숱한 인명 피해를 냈는데, 그야말로 간뇌가 온 땅을 물들인 처참한 비극이었다고 한다. 그때 용케 살아남았던 젊은 남정네들 또한 몇 년 후 일본 정벌에 나선 여몽연합군의 군사로 편입되어 달리 말해서 '포로부대'가 되어 전함에 올랐다가 소위 가미가제라는 태풍을 만나 몰사당했다.

그때의 떼죽음으로 탐라는 최초로 여다^{女多}의 섬이 되었는데, 아낙네들의 입으로 전해 내려오는 노동요의 곡조가 유달리 처량한 것도 바로 삼별초의 비극에서 연유한 것이다.

4·3은 여러모로 삼별초 항쟁과 흡사하다. 반외세 투쟁의 의미도 그러하고, 엄청난 떼죽음도 그러하다. 4·3에서 생존한 남정네들이 포로부대가 되어 6·25라는 육지 전쟁에서 죽어간 것 또한 그렇다.

조선 후기 이후, 강제검의 난, 방성칠의 난, 이재수의 난 등 빈발했던 여러 저항운동을 여기에서 일일이 거론할 수는 없지만, 어쨌거나 이렇게 죽음을 각오한 저항의 처절한 몸짓을 보이지 않고는 공동체의 이익을 지킬 수가 없었다. 인고의 오랜 세월 끝에 터져나오는 것이 민란이다. 민란은 밖으로는 외세의 침략과 중앙정부의 폭압에 대항하고, 안으로는 매판 세력을 응징하여 공동체의 피를 정화시키는 역할을 했다. 민란이 평정된 뒤 그 지도자들은 예외 없이 처형당해 죽었다. 그렇게 죽음을 무릅쓰고 민중을 위해 일어선 그들이 민중에 의해서 성인 혹은 영웅으로 추앙된 것은 당연한 일이었다.

4·3은 바로 이러한 저항운동의 연장선상에 자리 잡고 있는 것이지, 역대 정권과 관변이 일방적으로 색칠해버리듯이 계급

주의적 성격이 짙은 것은 아니었다. 그런데도 최소 3만의 양민들을 붉은색의 이름으로 학살했고, 극좌 세력도 그 막대한 주검들을 그들의 이데올로기 깃발로 덮으려고 했다. 죽은 자들의 태반이 밭고랑 수나 헤아릴 줄 아는 무식한 농군이거나 아녀자들이었다는 것은 무엇을 뜻하는가. 그들은 도대체 자기가 무엇 때문에 죽는지도 모르고 죽어간 억울한 넋들이었다. 항쟁의 지도부 역시 그 면면을 살펴보면 모두가 극좌 이데올로기 신봉자들만은 아니었음을 알 수 있다.

일제강점기 최대의 저항운동인 1931년의 해녀항일투쟁은 전통적 저항 양식에 급진사상이 접목되어 일어났다. 당시 도내 사회운동권에서는 민족주의나 볼셰비즘보다는 아나키즘이 더 큰 영향력을 지니고 있었다. 세계의 다른 지역에서 볼셰비즘과 겨루어 이미 패퇴해버린 아나키즘이 제주도 내에 건재해 있었다는 것은 공동체 자치주의를 표방한 그 이념이 제주 공동체의 정신적 풍토와 잘 맞아떨어졌기 때문이었다.

또 하나의 특징은 다른 곳에서라면 서로 적대적이었을 두 이념이 제주 공동체에서는 노선과 이념의 차이에도 불구하고 공동의 적인 일제에 대항하여 서로 협동전선을 펴 해녀항일투쟁과 농민투쟁을 이끌었다는 것이다. 그것은 어떠한 외래 이데올로기도 섬 공동체에 적용되려면 일정하게 변용되어 토착화되어야 한다는 것을 뜻한다. 그러므로 개인이 표방한 이데올로기가 무엇이든 간에 섬 주민이라면 모두 하나로 묶어 공동체주의자라고 불러야 옳을 것이다. 외세의 지배를 받지 않은 자주·자존·자치의 공동체나 민족공동체도 바로 그러한 모습이어야 한다는 것이 곧 4·3의 이념인 것이다.

1931년의 해녀항일투쟁과 농민투쟁을 벌였던 40여 명의 젊은 활동가들은 일제의 감옥에 투옥되었다가 해방정국에 재등장했는데, 그때는 이미 중년이 되어 있었다. 그들이 4·3에 직·간접적으로 영향을 주었음은 물론이다. 항일운동사를 살펴보면 제주도뿐만 아니라 본토와 일본 등지에서도 제주 출신 활동가들의 활약상이 특히 두드러진다. 그들 중에는 해방정국의 중앙정계에 거물로 등장한 이들도 더러 있었는데, 그만하면 당시 제주도민의 자존심을 넉넉히 헤아릴 만하다.

좌·우익이 함께 참여한 인민위원회가 미군정의 탄압에도 가장 오래 버틴 곳이 제주도였다. 도인민위원회가 미군정에 압력을 가해, 일제 36년 동안 전남에 부속된 제주도를 분리시켜 별개의 도로 독립시킬 만큼 도민의 정치적 자존심과 투쟁 역량은 컸다. 그래서 당시에 도민의 공동체 의식은 종래의 분리주의적 편향성에 머무르지 않고 미·소라는 외세를 배제한 민족공동체에 대한 열망으로 승화되었던 것이다.

당시의 전 민족적 선결 과제는 해방과 동시에 그어진 삼팔선의 철폐와 일제 잔재의 청산이었다. 그러나 상황은 해방이 아니라 새로운 점령으로 이어졌고, 미군정은 친일파를 관료·경찰직에 재임용하여 민중 탄압의 도구로 삼았으니 어찌 반미사상이 발생하지 않았겠는가.

4·3 이전에 3·1이 있었다. 4·3의 전해인 1947년 3월 1일, 미군정은 점령군의 속성을 그대로 노출하여 삼일절 기념일을 치르지 못하게 엄금했다. 이에 굴하지 않은 3만 군중이 실력으로 경찰을 밀어붙이고 대회를 강행했다. 결과적으로 경찰의 발포로 6명이 사망하고 10명이 부상당하는 불상사가 발생했다. 해방정국에 처음 터져나온 학살의 총소리는 온 도민의 가슴에 메아리쳤다. 분노한 도민들은 경찰의 학살행위를 규탄하며 산업별·직장별로 총파업에 돌입했다. 일부 경찰서의 순경들도, 심지어 당시 도지사인 박경훈까지도 사표를 내던지고 파업투쟁에 동조했으니, 30만 도민이 모두 참가한 대규모 저항운동이었다.

공동체의 공동선·공동이익을 해치는 외세에 대해서 이와

같이 공동체 구성원 전체가 결집하는 대응·방식은 앞에서 언급했듯이 탐라국 시절부터 전통적으로 이어져온 것이다. 그럼에도 이민족의 지배기관인 미군정이나 그들의 비호를 받는 이승만을 비롯한 단독정부 지지 세력들은 마치 제주섬 전체가 극좌 일색으로 물들어 있는 것처럼 호도하면서 무자비한 탄압을 벌이기 시작했다. 김구도 단독정부를 완강히 거부했으니 극좌란 말인가. 그로부터 80여 년 가까운 세월이 흐른 지금의 이 상황에서도 판치고 있는 용공 조작은 이렇게 해묵은 역사를 갖고 있는 것이다.

총파업을 깨기 위해서 미군정의 경무부장 조병옥은 응원 경찰대 수백 명과 악명 높은 서북청년단을 비롯한 테러집단 수백 명을 이끌고 입도하여 대검거 선풍을 일으켰다. 혹독한 고문으로 또 3명의 사망자가 발생했다. 특히 서북청년단의 테러가 무자비하기 짝이 없어, 4·3 발발의 한 원인이 되었다는 것은 널리 알려진 사실이다.

그들은 미군정이 고용한 테러 집단인데도 왜 일정한 봉급이 주어지지 않았을까? 굶긴 야수성을 최대한 이용하자는 것이 미군정의 의도가 아니었을까? 그들은 3·1사건 관련자들을 검거한다고 개 싸다니듯 무섭게 이 마을 저 마을 설치고 다녔다.

멀쩡한 청년들까지 혐의를 씌워 고문질하여 뇌물을 받는가 하면, 쌀밥 내라, 닭 잡아내라 하며 무전취식함은 물론 심지어 처녀들까지 여성동맹에 가입했다는 혐의를 씌워 욕보이는 일이 비일비재했다.

도청 내무국장도 서북청년단에 의해 타살당했다. 이러한 탄압에 못 견뎌, 몇몇 마을에서는 서북청년단과 경찰에 무력으로 대항해 싸우기도 했다. 검거 선풍이 연중 내내 계속되자 온 도민은 위기의식에 크게 동요했다.

40세 이하 젊은 남정네가 집에 머문다는 것은 극히 위험한 일이 되어버렸다. 나이 든 사람들은 아예 밀항선을 타고 육지나 일본으로 도피해버렸고, 젊은 사람들 중에는 입산자들이 생기기 시작했다. 경찰과 서북청년단 중에도 양심의 가책으로 제복을 벗고 육지로 도피하는 이들이 있었으니, 그 탄압 국면이 얼마나 가혹했는지 능히 짐작할 만하다. 그때 섬 밖으로 도피한 사람들은 물론, 일찌감치 검거되어 육지에서 감옥생활을 한 사람들도 이듬해 4·3 이후의 대학살을 면할 수 있었던 행운아들이었다.

1948년 4월 3일의 무장봉기는 바로 이러한 가혹한 탄압으로 완전히 궁지에 몰린 도민의 어찌할 수 없는 자구책, 자기방

어의 수단으로 발발한 것이었다. 당시 도민들에게 널리 퍼진 구호는 "앉아서 죽을 것이냐, 싸워서 살 것이냐"였다. 반미자주화를 고창한 4·3 성명서의 첫머리에 내건 말도 "탄압이면 항쟁이다"였다. 우익 인사들도 4·3은 "궁지에 몰린 쥐가 고양이를 문 것과 같다"고 했다. UN한국임시위원단이 UN에 제출한 보고문에도 4·3은 "미군정의 그릇된 통치"에서 기인한 것이라고 적혀 있다.

그러나 미군정은 "사건의 원인에는 흥미가 없다. 오직 진압할 따름이다"라고 했다. 이렇게 원인 자체에는 흥미가 없고, 원인을 반성해보려는 의도가 전혀 없었던 미군정과 그 뒤를 이은 이승만 정권의 초토화 작전은 최소 3만의 대량학살이라는 전대미문의 죄악을 저지르고 말았다. 그 엄청난 인명 피해와 함께 200여 곳의 마을이 불에 타 회진되었으니 그것은 나가사키, 히로시마에 이은 세 번째 원폭 투하였던 셈이다.

터무니없는 용공 조작으로 대량학살을 합리화했던 미국의 의도는 명백하다. 그것은 점령국이 외세를 반대하는 식민지 민중을 제압하는 책략, 즉 제 손에 피를 덜 묻히고 동족으로 하여금 동족을 치게 하는 이른바 이이제이以夷制夷 용병술이었다.

4·3의 대수난은 항쟁의 의미를 압도해버릴 만큼 처절했다. 그래서 우파는 물론 좌파 쪽에서도 항쟁 지도부를 극단적 모험주의자들이라고 매도하는 소리가 들려온다. 4·3 당시의 항쟁 지도부는 대개 30세 안팎의 젊은이들이었다. 그 전해의 3·1절 시위와 총파업을 주도했던 지도부는 전통적 민란의 지도자들처럼 나이 지긋한 인사들로 구성되었는데, 그들 중 태반이 검거되거나 섬 밖으로 도피해버린 상황에서 강경파 청년들이 무장봉기를 반대하는 선배들을 밀어내고 지도부를 차지한 것이었다.

4·3의 지도부를 비난하는 측의 논리는 이러하다. 살신성인의 희생정신으로 제 한 몸 바쳐 민중을 살리고자 했던 전통적 민란의 지도자들과, 항쟁의 뜻은 거룩하나 결국 민중을 파국에 몰아넣고 만 4·3의 젊은 지도부는 서로 비교할 수 없다는 것이다. 경청할 만한 말이라고 생각된다.

80여 년 전의 그 숱한 원혼들은 아직도 저승에 안착하지 못하고 우리의 주변에 떠돌고 있다. 떳떳한 대접을 못 받고 제대로 제삿밥을 받아먹지 못하는 원혼은 산 자에게 해코지한다. 산 자는 반드시 그 원혼을 올바르게 진혼해야 인간다운 삶을 살 수 있다.

그것은 민족의 삶도 마찬가지다. 그동안 위정자들은 4·3이 역사의 치부, 환부라며 금기로 묶어두어왔는데, 역사의 환부는 숨길 게 아니라 치료에 호소해야 옳다. 그것을 금기로 묶어두면 둘수록 반성 없는 역사는 되풀이되어 전철을 밟게 된다. 광주의 비극이 바로 그것이 아닌가. 4·3의 영령을 올바르게 위령하는 길은 광주항쟁의 경우처럼 4·3의 대의를 역사에 정당하게 자리매김하는 것임은 두말할 필요가 없다.

과거를 복권해야 하는 이유

나에게 고향이란 언제나 과거 속의 공간이며 시간이다. 그래서 막무가내로 앞으로 내달리기만 하는 서울 생활의 속도에 멀미를 느낄 때마다 나는 헐떡이는 갈증으로 고향을 찾곤 한다.

공항에서 내리면 먼저 찾는 곳이 도시 외곽에 위치한, 용두암 근처에서 다끄내 포구에 이르는 바닷가다. 도심지는 서울의 연장이나 다름없이 번잡하고 정신 사나운 곳이므로 부득이한 일이 아니고는 그 안에 발을 들여놓지 않는다. 잠도 도시밖 어느 시골의 후배 집에서 잔다. 오름 분화구에서 잔 적도 있고, 그 바닷가에서 음주와 담소로 밤을 새운 적도 있다.

내가 살던 정드르의 옛집이 시가지 확장으로 지상에서 사라진 지금, 고향의 흔적이 짜투리로나마 남아 있는 곳이 그 바닷가인 것이다. 드넓은 바다와 하늘이 맞붙은 먼 수평선에서 막힘없이 불어오는 해풍도 옛 바람 그대로이고, 현무암의 검은 바위들도 보라색의 순비기꽃도 구절초의 흰 꽃도 옛 모습 그대로다. 과거의 시간을 좇는 나의 상상력은 심지어 곰보투성이의 현무암 바위 표면에서 화산 용암이 붉은 팥죽 끓듯 하던 태곳적 시간도 떠올릴 수 있다.

그러나 그 바닷가에 나 혼자만 앉아 있는 경우는 드물고, 대개는 고향의 몇몇 후배들과 함께 자리를 한다. 그 벗들은 도시보다는 자연을, 현재보다는 과거를 더 사랑하는 참된 인간들이기에 늘 나는 그들에게서 감화를 받는다. 그들은 잃어버린 공동체와 거기에 속해 있던 아름다운 가치들, 사물들에 관심이 많다. 그 과거 중에 어떠한 경우에도 양보할 수 없는 화두가 있으니 4·3이 바로 그것이다. 증언 청취, 유적 발굴, 다큐멘터리 제작, 그리고 예술적 형상화를 통해 4·3이란 과거를 현재인 듯이, 역사를 현재인 듯이 살아가는 그들이다.

그 벗들과 함께, 크나큰 충만감으로 출렁이는 바다를 마주하고 앉으면 시간은 아주 느리게, 감미롭게 흘러가고, 닳고 닳은 도시 생활자인 나는 단지 시간의 노예일 따름이라는 생각에 당장이라도 고향으로 돌아와버리고 싶어진다. 바닷가에서는 일출과 일몰, 밀물과 썰물로 구분되는 크고 넉넉한 시간만이 있을 뿐, 초침에 의해 잘디잘게 분절되면서 일직선으로 흘러가는 인위적 시간은 존재하지 않는다.

일직선의 진화론적 시간관에 입각하여, 앞으로만 내달려온 문명은 21세기를 맞이한 지금 어디에 와 있는가? 21세기는 결코 장밋빛 미래가 아니다. 달릴수록 가속도가 붙는 자본주의 문명은 세계가 신자유주의 체제로 재편된 지금, 제어하기 어려운 무서운 속도로 굴러가고 있다. 경제적 효율성 외에는 그 무엇도, 그 어떠한 가치도 무시해버리는 이 체제는 그런 의미에서 '자유'라는 단어와는 관계없고 오히려 전체주의라고 해야 할 것이다. 그 어느 때보다도 인간과 자연에 대한 착취가 심해져, 빈부의 격차가 크게 벌어지고 자연은 만신창이의 모습을 드러내놓고 있는 형편이다. (우리 고장도 무분별한 개발로 몸살을 앓고 있다. 오름을 깔아뭉개 골프장을 만들고, 오름 위에 흉물스러운 고압선 철탑을 세우더니, 이제는 한라영산의 거룩한 이마에다 케이블카를 설치하겠다고 나선다.)

무한질주·무한성장에 몸 맡겨버린 인간들에게 예컨대 제주 4·3은 전혀 관심의 대상이 아니다. 알지도 못하고, 알려고 들지도 않고, "웬 4·3?" "아직도 4·3?" 하고 시큰둥할 뿐이다. 당사자인 도민 중에도 그러한 자들이 적지 않다. 오직 목전의 이익을 좇아 달려갈 뿐이다. 과연 언제 어디까지 질주를 계속할 것인가? 파국에 이를 때까지? 이제는 가끔씩 속도를 줄이고 달려온 길을 돌아다보기도 해야 하지 않겠는가. 뒤돌아본다는 것은 반성함이다. 반성이 없는 막무가내의 진보는 제동장치 없는 기관차의 질주와 같이 파국을 향할 뿐이다. 과거를 돌아보고 거기에서 교훈을 얻어내지 않으면 불행했던 과거사들을 계속 되풀이할 수밖에 없다. 그렇다. 뒤를 돌아다보면 무서운 함정처럼 4·3이란 미해결의 암흑이 있다.

이렇게 부박하기 짝이 없는 세태 속에서 80년 가까운 세월이 흐른 지금, 4·3을 떠올리고 보편화하는 일은 결코 쉬운 일이 아니다. 외지인들이야 어떻게 생각하든 간에, 우리 도민에게 4·3은 단순한 과거가 아니라 지금도 생생하게 살아 숨 쉬는 현실로서 존재한다. 그래서 4·3 특별법의 국회 통과 소식은 우리의 오랜 갈증을 달래주는 낭보였다. 반세기 만에야 비로소 금기의 어둠 밖으로 모습을 드러낸 4·3, 그동안 우리 도민은 그 기억에서 벗어나지 못한 채 얼마나 정신적으로 시달림을 받아왔던가. 역대 독재정권들은 4·3을 금기의 영역에 묶어놓고, 그 사건에 대한 도민의 집단적 기억을 폭력적으로 말살하려고 해왔다.

이제 투쟁은 제2단계로 접어들었다. 온 도민이 해묵은 두려움과 우울증을 떨쳐버리고 활발한 증언을 통해 진상규명에 협력하고 특별법과 관련된 모든 사안과 언동을 예의 감시해야 할 때다. 그동안 무관심했던 사람들도 이제는 눈을 바로 떠야 하리라. 파편화된 개개인의 기억들을 한데 끌어 모아 집단기억으로 재구성하고, 그것을 토대로 새로운 역사가 쓰여야 하는 것이다. 4·3의 재구성은 당연히 4·3으로 인해 붕괴된 섬 공동체의 재생으로 연결되어야 하리라.

이 글을 쓰면서 내내 생각난 것은 용두암과 다끄내 바닷가와 그밖의 장소들에서 함께 어울렸던 후배들의 아름다운 얼굴들이다. 과거를 복권시키기 위해 과거를 현재처럼 살아온 그들에게 머리 숙여 경의를 표한다.

나는 4·3의 무당이다

나는 어쩌다가 작가의 길을 택하게 되었던가. 고교 시절부터 문학을 숙명처럼 생각해온 나는 문학 이외의 다른 삶을 염두에 둔 적이 없다. 20년 세월의 교사 생활도 보람이 없지 않았지만, 마음은 늘 콩밭에 가 있었다.

참혹한 유년을 겪은 자가 어려서 문학을 만나면 곧장 그 길로 들어서기 쉽다고 한다. 가난이나 가족 혹은 공동체가 겪은 불행 속에 있었던 아이는 자란 다음에도 마음속 한편에 억압의 어두운 응어리가 맺혀 있기에, 그것을 풀어내고 싶은 욕망이 작가를 만드는 게 아닐까 생각해본다. 나 역시 그런 경우다. 반세기 전 내 고향 제주를 가공할 재앙불로 초토화시킨 4·3의 대참사는 나의 뇌리에 지금도 지워지지 않은 상흔을 남겼다.

내 몸을 얽어맨 채 좀처럼 떠나지 않던 우울증과 이 나이에도 이따금 찾아오는 말더듬증도 그 참혹한 유년에서 기인한 것이 틀림없다. 내가 술을 좋아하게 된 것도, 그래서 오랫동안 빼도 박도 못할 모주꾼이 되어 비틀거린 것도 아마 그 때문이었을 것이다. 당장 된장국에 빠질 것 같은 우거지상을 하고 있다가도, 술만 들어가면 비가 갠 듯 사물이 밝게 보이고, 말더듬증으로 굳은 혀도 나긋나긋하게 풀어져 기분 좋게 다변스러워지는데, 어떻게 음주를 마다할 수 있겠는가. (술의 공덕인지는 몰라도 이제는 많이 나아졌다.)

어린 시절을 회상해보면 나에게 덮어씌워진 그 우울증에서 벗어나려고 꽤나 애썼던 일들이 생각난다. 아마도 우울증이나 슬픔이 성장에 해롭다는 것을 본능적으로 알고 있었던 모양이다. 혼자 있으면 우울해지기 일쑤여서 늘 동무들 가운데 끼어 있기를 좋아했다. 내면이 억압되어 말을 더듬었던 나는 동무들과 얘기하며 놀 때면 주로 듣는 편이었지만 몸 부딪치며 뛰어놀 때면 말 더듬는 답답함을 벌충하려는 듯이 천방지축 그야말로 천둥 번개에 개 뛰기로 날뛰곤 했다. 충동적이고 난폭한 몸놀림 때문에 목숨을 잃을 뻔한 적도 있었는데, 그렇게 해서 얻은 생채기 흔적이 지금도 몸 여기저기에 남아 있다.

뉘가 있는 밥을 먹어본 사람은 알 것이다. 돌을 씹을까봐 꼼꼼하게 골라내서 씹어야 하는데, 그때의 답답함이 바로 말더듬이의 갑갑함일 것이다. 어떻게든 이 답답한 어눌함에서 벗어나 보려고 책을 소리내어 읽어 보기도 하고, 혓바닥과 턱 운동도 해봤지만 별 효험이 없었다. 중1 때는 학교에서 주최하는 이야기 대회에 그 오죽잖은 말솜씨를 갖고 나가는 만용을 부렸다가 망신을 당하기도 했다. 청중을 웃기긴 했으나 말을 잘해서 웃긴 게 아니라 말을 더듬어서 웃긴 것이다. 세파世波를 성공적으로 헤쳐나가려면, 우선 말을 잘해야 할 텐데, 그렇게 말이 서툴다 보니 고민이 될 수밖에 없었다.

그런 상황에서 만난 문학은 나를 완전히 매료했다. 나는 말 대신 글을 택하기로 작심했다. 나는 문학청년인 국어 선생님을 좋아했는데, 그분이 갖고 있는 소설책 거의 전부를 빌려다 읽었다. 그렇게 중학교 시절 나는 학교를 대표해 백일장에 나가는 문학선수가 되었다. 문학은 내 기질에 잘 맞았다. 말더듬증 때문이었는지 나는 침묵을 좋아했다. 침묵의 시간 속에서 책을 읽고 자신의 우울한 내면을 들여다보는 버릇이 생겼다.

좀처럼 풀리지 않는 내면의 억압 현상 때문이었는지, 나는 권위주의적인 어른들을 비정상적일 정도로 두려워했고, 두려운 만큼 증오했다. 선생님들은 물론 아버지도 두려움과 미움의 대상이었다. 고2·고3 때는 교련 선생님과 군 장교 출신인 아버지의 억압적 권위에 도전하는 해프닝을 벌이기도 했다. 그것은 억압된 내면의 비정상적인 폭발일 수도 있지만, 집안 대대로 유전된 격렬한 기질 때문이기도 할 것이다. 억압적인 가부장 밑에서 자란 아이는 나중에 반항아가 되기 쉽다고 한다. 또 하나 나의 내면을 짓누르고 있던 억압은 어린 시절에 겪은 4·3에 대한 기억이었다.

고향에 대한 본능적인 애착은 고향의 가족, 이웃, 주민, 풍토, 그리고 그 안에서 부침하는 사건들에 대한 뜨거운 애정과 관심일 것이다. 고향이란 일반적으로 잃어버린 유소년 시절의 기억과 연관되어 있기에 회상할 때마다 항상 감미로운 향수를 일깨워주는 법이다. 그러나 4·3을 겪은 제주 사람들에게 고향이란 남다른 의미가 있었다. 그것은 사랑과 증오, 분노와 좌절의 상반된 감정을 동시에 느끼게 하는 퍽 부담스러운 존재였다. 나 역시 고향에 대한 애착심이 강하지만, 다른 한편으로 고향은 싫고 기피하고 싶은 곳이기도 했다. 생각만 해도 몸서리쳐지는 4·3 수난의 땅이기 때문이었다.

4·3의 대참사를 겪은 고향 사람들은 그후 오랫동안 깊은 우울증에 빠져 있었다. 뒷전에서 낮게 수군거리는 소리, 한숨소리들이 정말 싫었다. 내 소망은 오직 저 거친 수평선을 뚫고 비극과 가난으로 찌든 제주섬을 탈출해버리는 것이었다. 고교

졸업할 당시의 심정이 바로 그러했다.

단편소설 「해룡 이야기」에서 나는 고향을 다음과 같이 묘사한 바 있다.

> 그 악몽의 현장, 가위눌림의 세월, 그게 그의 고향이었다. 그러니 고향은 한마디로 잊고 싶고 버리고 싶은 것의 전부였고 행복과 출세와는 정반대의 개념으로 이해되었다.

그러나 막상 대학에 진학해서 가정교사 노릇을 하면서 고학으로 서울 생활을 겪고 보니 내가 결코 서울식으로 길들여질 수 없는 제주 촌놈임이 확인되었다. 서울 말씨도 싫고 음식도 비위에 맞지 않았다. 모처럼 얻어걸린 가정교사 자리를 한 달 만에 박차고 나와 친구들의 하숙방과 자취방을 전전하기 일쑤였다. (입주 가정교사였던 나는 밥상에 올라오는 찌개가 싫었다. 고향 음식에는 찌개가 없고 주로 국이었다.)

고향이 내 영혼에 찍어놓은 섬놈 근성은 그 무엇으로도 지울 수 없는 낙인이었다. 떠날 때는 영영 버리고 싶던 고향이었지만 막상 떠나오고 보니 오히려 애착이 강해졌다. 이따금 그 애착이 과도한 방어본능을 일으켜 공격적으로 나타나기도 했다.

한번은 손찌검까지 했다. 과 친구 하나가 술자리에서 재수 시절에 연애하다가 차버린 어느 방직공장 여공 얘기를 했을 때였다. 실연당한 그 여성은 제주 출신이었다. 나의 고향 땅은 버리려고 해도 버려지지 않는 어쩔 수 없는 나의 모태였다.

나의 대학 시절에는 따를 만한 선배들이 별로 없었다. 고향 땅에도 서울에도 그런 선배들은 드물었는데, 4·3 때 제주 젊은이의 태반이 학살당한 탓이었다. 나는 선배들 중 특히 수재로 소문난 한 선배를 찾아가 대학 생활에 대한 조언을 구한 적이 있었다. 대학원생인 그 선배는 나보다 네댓 살 위였는데, 제 고향을 숨기려는 기색이어서 여간 실망스럽지 않았다. 제주 출신임을 드러내서 이로울 게 없다고 그가 말했던 것이다.

그 선배뿐만 아니라, 정도의 차이는 있을지언정 그와 비슷한 콤플렉스를 가진 이들이 적지 않았다. 그 선배들의 그러한 왜곡된 사고가 어디서 연유한 것인지 그 당시에는 알지 못했다. 내가 그 콤플렉스의 정체가 무엇인지 알게 된 것은 훗날 소설을 쓰기 위해 4·3에 적극적으로 관심을 갖게 되면서였다. 그것은 단순한 열등감이 아니라, 그 뿌리가 4·3의 비극에 박혀 있었던 것이다.

제주의 인재가 전멸하다시피 한 것이 4·3이었다. 만 15세

이상 젊은이는 학살의 대상이었다. 그렇게 죽은 젊은이들이 전체의 절반을 차지한다고 했다. 고향의 촌로들은 "마을의 똑똑한 사람들은 그 사태에 다 죽고 우리 같은 무식쟁이나 살아남았다"고 입 모아 말한다. 그러니까 그 선배는 만 15세가 되지 않아 운 좋게 살아남은 경우였을 것이다. 그 선배에게는 손잡아 이끌어줄 바로 윗대 선배들이 전무하다시피 했다.

그것은 이른바 '레드 아일랜드' 출신 젊은이들이 겪어야 했던 숙명적 콤플렉스였다. 폭도·용공의 누명을 쓴 채 수만의 인명이 희생되었고, 그 대참사에서 용케 살아남은 생존자들 역시 어쩔 수 없이 뿌리 깊은 피해의식에 눈이 멀게 되었다.

그랬다. 4·3은 결코 발설해서는 안 될 무서운 금기여서 모든 사람의 입을 얼어붙게 했고, 피해의식은 깊이 내면화되어 마치 제2의 천성처럼 굳어져버렸다. 그것은 숙명적인 열패감과 자기부정 사상을 낳았고, 권력에 대한 맹목적 두려움, 중앙에 대한 맹목적인 선망을 불러일으켰다. 오랫동안 여당의 표밭이 되었던 것도 그러한 이유 때문이었다. 그렇게 나의 고향 땅은 오랫동안 '레드 아일랜드'라는 누명을 뒤집어쓰고 있었다.

내가 뒤늦게 신춘문예에 당선함으로써 문단 데뷔 계기가 되어준 단편소설 「아버지」에서 입산자를 아버지로 둔 한 소년이 연못의 깊은 물 한가운데 갇혀 있고 형이자 토벌대인 다른 소년이 돌멩이를 쥐고 나오지 못하게 감시하는 그 연못은 4·3 당시 갇혀 있는 제주섬의 극한 상황을 상징한다. 그러나 그 소설에 나타난 4·3은 흐릿한 배경일 뿐 실체가 없었다. '의식의 흐름' 기법을 흉내 내어 한 아이의 심리를 묘사해본 것으로, 말하자면 순수문학을 지향한 소설이었다.

현재 나의 소설 쓰기는 이른바 앙가주망 문학, 즉 사회참여 문학이다. 이러한 나의 문학적 소신이 처음부터 생긴 것은 아니다. 원래 나의 문학적 출발은 데뷔작이 그렇듯이 순수문학에 있었고, 그중에서도 서구문학을 모범으로 삼고 있었다. 왜 그렇게 되었는가. 그 당시 내 나이 또래나 선배들 중에는 문학을 하기 위해 대학에서 외국문학을 전공한 이들이 적지 않았다. 나 또한 그러한 부류였다. 나야말로 전통문학의 유산을 남루하다고 생각하고, 심지어 고향까지 외면하고 싶어 하는, 서구문학을 지향한 자기부정의 왜곡된 정서에 젖어 있었다.

오랫동안 서구 지향적인 도착된 미의식에 사로잡혀 미망 속을 헤매던 나는 뒤늦게 문단에 나왔는데, 그 무렵에야 비로소 문학의 사회적 의미를 깨닫게 되었다. 유신정권이라는 군부독재의 혹독한 정치현실이 오히려 나를 각성시켜 군부에 의한 대학살 사건인 4·3의 진실에 눈뜨게 해주었다.

그런데 어쩌다보니 겁 많은 내가 4·3의 금기에 도전하게 되었다. 4·3 생존자들 대부분이 그렇듯이 나 역시 내면에 맺혀 있는 억압의 옹매듭, 즉 트라우마를 갖고 있었다. 앞에서 말했지만, 나는 한때 말을 더듬는 아이였다. 나의 말더듬증은 4·3의 충격에서 온 것이 분명하다. 그 억압의 해방이 무엇보다 중요했다. 문학은 자유 혹은 해방과 같은 말이 아닌가. 제주도민의 대다수가 앓고 있는 집단 콤플렉스인 4·3은 나의 내면 정서의 억압이기도 했으므로 그 억압의 해방이 무엇보다 중요했다.

그 억압을 어떻게든 글로 표현하여 조금이라도 풀지 않고서는 문학적으로 단 한 발짝도 내디딜 수 없을 것 같았다. 고발해야 된다는 사명감이 아니라, 발설하지 않고는 견딜 수 없었으므로, 그것은 숙명이 시킨 것이었다. 4·3을 제쳐놓고 다른 얘기를 쓴다는 것이 죄악처럼 느껴졌다. 그 당시 독자들은 어떻게 그런 용기를 낼 수 있느냐고 놀라워했지만, 그것은 용기 이전의 문제였다.

내가 일고여덟 살이었을 때 겪은 4·3은 나 같은 철부지 어린아이들뿐만 아니라 어른들도 도무지 이해할 수 없는 사건이었다. 수만의 양민들이 자신이 왜 죽어야 하는지 모른 채 죽어 갔던 것이다. 사건 이후에도 반세기 가깝게 공포 분위기가 사라지지 않았다. 역대 독재정권들은 그 대학살에 대한 민중의 집단 기억을 지우기 위해 철저한 금압정책을 구사했다. 이것을 나는 '기억의 타살'이라고 불렀다. 금압의 공포에 시달린 민중이 스스로 기억을 지워버리려고 노력했으니, 『화산도』의 재일 작가 김석범 선생은 이것을 '기억의 자살'이라고 했다.

4·3의 기억은 그 무엇으로도 말살할 수 없는 크나큰 원한으로 존재한다. 국가폭력으로도 그 기억을 죽일 수 없고 주민들이 잊어버리자고 해서 잊을 수 있는 게 아니다. 기억의 타살도, 기억의 자살도 아무 소용이 없다. 그리고 아무리 버리고 싶어도 버릴 수 없는 것이 고향이었다.

4·3 당시, 제주읍을 제외하고 수난당하지 않은 마을이 거의 없다시피 했는데, 내 고향인 노형마을도 토벌대의 방화로 잿더미로 변했다. 우리 식구는 그 재앙불이 떨어지기 직전에 읍내로 피난했기 때문에 요행히 인명피해는 없었다. 그러나 외가 쪽의 피해는 컸다. 어두운 밤, 먼 데 하늘의 여기저기 구름에 벌겋게 번져 있던 마을들을 태우는 불빛, 총성, 수많은 사람들이 죽어간다는 소문이 어린 내 가슴을 짓눌러대곤 했다. 칠

성통 입구에, 관덕정 마당에 목 잘린 입산자의 머리통들이 뒹굴고, 생포된 입산자들이 군중 앞에서 습격 몇 번, 방화 몇 번, 도로 차단 몇 번, 시키는 대로 죄목을 복창하고는 트럭에 실려 형장으로 가는 것도 보았다.

나는 데뷔 작품 「아버지」에서 토벌대의 초토화 작전으로 불타버린 후, 지금까지 재건 안 된 채 영영 폐촌이 되어버린 나의 고향을 이렇게 묘사했다.

    죽어 있는 마을, 소등해버린 자정 이후의 먹칠 같은 어둠으로 지워진 마을…

이 표현은 내가 4·3에 관해 글을 쓰기로 작심했을 때, 더 이상 지도상에 존재하지 않은 내 고향 마을을 상상해본 것이다.

숲을 벗어나야 숲의 전모가 보이듯이, 일단 고향을 떠나서야 고향의 진정한 모습을 알 수 있었다. 멀리 떠나와 객관적 거리를 유지하게 되니 막연히 잠재의식으로만 존재하던 4·3이 의식의 표면 위로 뚜렷이 떠올랐다. "지도에서 먹칠 같은 어둠으로 지워진 곳"으로서 고향을 상상했을 때, 나는 4·3이 슬픔과 분노의 모습으로 꿈틀거리며 되살아남을 실감했다. 버리려고 해도 버려지지 않는 고향 땅…

아픔 없이는 회상할 수 없는 고향, 떠나온 고향은 세상 끝 머나먼 암흑의 바다에 떠 있는 감옥으로 여겨졌다. 수평선으로 갇혀 있는 감옥, 유배 1번지로서의 원악도遠惡島, 해상봉쇄령 속에 전대미문의 참혹한 살육이 벌어진 4·3의 처형도, 불타는 섬, 타버린 섬, 칠흑 같은 암흑의 섬…

제주도민 3만 명이 학살당한 그 사건은 제노사이드, 즉 한 공동체에 대한 멸종 작전이었다고 해도 과언이 아닐 것이다. 전대미문의 대참사인 그 사태는 인간의 상상을 초월한다. (나중에 나는 그 3만 명의 참혹한 떼죽음을 '언어절'言語絶의 참사라고 말하게 되었다.) 통신이 철저하게 두절된 상태의 절해고도에서 자행된 그 사건은 무서운 소문만으로 육지에 흘러들어 온 국민을 두려움에 떨게 했다. 4·3은 오랜 세월 동안 무서운 금기로 묶여 있었다. 4·3 진상에 대한 기억을 말살하려는 '망각의 정치'로 인하여 민중의 집단 기억은 무참히 깨져 있었던 것이다. 역대 독재정권이 행사한 기억 말살 행위는 30년 가까이 도민의 입을 얼어붙게 하고 있었다.

도민들은 자기들이 4·3이라는 그 엄청난 수난을 왜 당해야 했는지 이해하지 못했다. 도무지 이해불능이었다. 수만의 양민들은 자신이 왜 죽어야 하는지도 모른 채 죽어갔던 것이다.

그러니까 공산주의자가 아니었던 그들은 죽어서 공산주의자가 된 셈이다. 사건 이후에도 공포 분위기는 사라지지 않았고 연좌제로 극심한 차별을 받아야 했다.

4·3은 발설해서는 안 될 무서운 금기였으므로 그 사태를 이해하려고 노력하지도 않았다. 그 사태로 수많은 젊은 인재를 잃어버린 도민 대다수에겐 자신을 보호해줄 언어도, 학벌도, 재력도 없었다.

여기에서 롤랑 바르트가 매우 의미심장하게 제시한 한 장의 캄보디아 내전 사진이 생각난다. 폭격으로 집은 반쯤 허물어졌고 현관 앞 계단 밑에 민간인 시체들이 여러 구 널브러져 있는데, 그 계단 맨 위에 한 어린 소년이 처연한 눈빛으로 카메라를 응시하는 장면이다. 롤랑 바르트는 죽은 자들은 살아남은 자에게 그 현장 밖의 사람들을 그러한 시선으로 응시할 의무를 부여했다고 그 사진에 주석을 달았다. 다시 말하면 현장 밖의 사람들은 그 소년의 처연한 눈빛을 통해 그 비극, 그 떼죽음들을 보게 되는 것이다.

그 소년이 바로 나였다. 죽은 자들을 위해 증언한다는 것은 살아남은 자의 의무였다. 죽음의 4·3에서 어린 나이에 살아남은 나는 세상을 그 소년의 시선으로 응시하지 않으면 안 되었다.

4·3의 슬픔은 순수문학에서 흔히 볼 수 있는 감미롭기까지 한 애잔한 슬픔, 즉 멜랑콜리 따위의 슬픔이 아니라, 피와 비명과 떼죽음 같은 무서운 고통의 슬픔이다. 무서운 공포 속의 슬픔은 눈물도 허락하지 않았다. 두려움 때문에 죽은 자를 위한 곡성을 내기는커녕 눈물조차 흘릴 수 없었다. 덜 슬퍼야 눈물이 나온다고, 살아남은 자들은 말했다. 그렇게 나는 새로운 감각으로 고향을 돌아보게 되었고, 그러한 시각은 내 자신을 객관화하는 일과 별로 다르지 않음을 깨달았다.

내가 젖줄 대고 자란 모태로서의 제주도와 그 아픈 비극을 대상화한다는 것은 그 속에서 한 분자로서 존재해온 내 자신을 대상화함을 의미했다. 그것은 고향의 재발견이요, 자아의 재발견이었다.

그렇게 해서 4·3을 소재로 소설을 쓰게 되었다. 그 시점에서 4·3은 30년 전의 사건이었는데, 그때의 나에게 그 '30년'이란 가늠하기 어려운 먼 과거였고, 그 먼 과거 속의 3만 개의 죽음 또한 실감으로 와닿지 않는 통계상 숫자 혹은 추상적인 숫자처럼 보였다. 3만이라고 했을 때, 그것은 한 덩어리로 인식

되어 그 참상이나 진상이 제대로 보이지 않았다. 그 숫자는 당시 도민 총인구의 1/9에 해당된다. 그 막연한 추상을 깨기 위해서, 3만이란 추상적인 숫자에서 구체적인 개별 죽음들의 피와 살과 비명을 드러내기 위해서는 현장 재현 작업이 필요했다. 그것은 죽은 자들을 다시 한번 살려내서 그 비극의 현장에 재투입하는 일이었다.

4·3을 작품화하기 위해서는 우선 취재의 난관을 뚫고 나가지 않으면 안 되었다. 체제의 공식 기록에서 말살되거나 용공으로 왜곡되어 있는 4·3의 진실을 찾아서 증언 채취 작업에 매달렸다. 작업은 쉽지 않았다. 서울의 중앙도서관에서 관계 자료를 찾아보았으나 극우 편향의 부실한 기록들만 보일 뿐이었다. 어느 날 그 도서관 지하실에 처박혀 있는 먼지투성이의 『제주신문』 철을 뒤지던 나는 4·3 그 무렵 2년에 해당되는 부분이 뭉텅이째 빠져 있는 것을 보고 처연한 심사를 가눌 수가 없었다. 4·3은 그렇게 현대사에서 잔인하게 찢겨 낙장이 되어 있었다.

통일원(통일부 전신) 도서관을 찾아갔다. 그곳에 좌익 저작물 『제주도 인민들의 4·3 무장투쟁사』가 있었다. 그 책은 일반인의 열람이 금지된 불온문서로 표지에 붉은색 빗금이 짙게 그어져 있었다. 반공교육을 철저히 받은 나는 그 짙은 붉은색에 놀라 가슴이 오그라들었다. 사서는 그 책의 표지만 잠깐 보여주고 도로 집어넣으면서 씽긋 웃었다. 그 웃음은 "어때, 무섭지? 이건 무서운 책이야"라고 말하는 듯했다. 그 어떤 기록에도 찾아볼 수 없는 4·3의 진실이 그 책 속에 들어 있다는 걸 안 것은 『순이 삼촌』을 발표하고 한참 뒤였다. 그 책의 저자는 제주 출신 재일 지식인 김봉현과 김민주였다.

4·3의 진실에 대한 기록을 읽을 수 없었던 나는 취재 활동에 열중했다. 서울의 어느 고교 교사로 재직 중이던 나는 취재를 위해 2년간 방학 때마다 고향에 내려갔다. 4·3 당시에 나는 예닐곱 살의 철모르는 나이로 경험이 매우 제한적이었기 때문에 많은 취재가 필요했다. 그런데 사람들이 좀처럼 입을 열려고 하지 않아 여간 애를 먹은 게 아니었다. 나의 고향 마을인 노형리의 친척들마저 왜 아픈 과거의 상처를 건드리려 하느냐고 냉랭하게 거부반응을 보였다.

나는 노형리 취재를 포기하고, 그 대신 북촌리를 주요 취재 대상으로 삼았다. 북촌리는 한날한시에 400여 명의 양민이 학살당한 마을이었다. 그 마을 출신 고교 동창생의 안내를 받아 찾아갔는데, 그 마을에서도 사람들이 좀처럼 입을 열려고 하지 않아 취재가 어려웠다. 나는 그들을 설득하기 위해 여러 날 찾아갔다. 어느 할머니는 34세의 나를 보고 4·3 때 죽은 큰아들의 모습을 보는 것 같다며 내 손목을 붙잡고 하염없이 눈물을 흘리면서도 가슴속 옹매듭으로 맺혀 있는 쓰라린 사연을 끝내 털어놓지 않아, 나 역시 덩달아 울기만 하고 발걸음을 돌린 적도 있었다. 사람들은 아직도 말하기가 무섭다고, 왜 그 무서운 비밀을 들춰내려고 하느냐면서, 심지어 나를 정보기관 사람으로 의심하면서 증언하기를 꺼려 했다.

두려워하는 그분들을 설득하기 위해 눈물로 호소하기도 했다. 한 젊은 작가가 그 참사의 진상을 세상에 알리겠다고 찾아왔는데, 여러분이 입을 봉하고 아무 말도 하지 않는다면, 훗날 저승에 가서 그때 죽은 가족들을 무슨 면목으로 만나겠습니까, 하면서.

그 사건을 취재할 때, 목소리를 낮추고 말을 더듬으며 혹은 한숨 쉬고 눈물 흘리면서 말하던 증언자들의 달랠 길 없는 쓰라린 원한과 분노, 그리고 그 두려움이 많은 세월이 흐른 지금에도 생생하게 생각난다.

취재 내용을 토대로 작품을 만들 때, 나는 증언자들의 쓰라린 원한과 분노, 그리고 그 두려움이 고스란히 내 작품에 반영

되기를 원했다. 그 증언들에게 호흡과 심장의 박동과 피와 땀을 부여하려는 작품 형상화 과정에서 나는 소설의 주인공들이 겪는 고난이 마치 나 자신이 겪은 것처럼 느껴지는 기이한 일체감, 동일시 현상을 느꼈다. 한밤중 혼자 책상에 앉아 글을 쓰면서 눈물 흘린 적도 여러 번 있었다.

죽은 자의 영혼이 내 몸속에 들어와 있는 듯한 느낌, 그것은 무당의 신들림과 흡사한 것이었고, 그래서 내 작품은 무당의 해원굿과 같은 것이 되었다. 그때 나는 문학이야말로 자기가 체험하지 않은 것을 간접 체험할 수 있는 유일한 길이라는 것을 실감했다.

그렇게 두려움에 떨리는 가슴을 도사리며 어렵사리 탄생시킨 『순이 삼촌』은 그 즉시 문단의 문제작이 되어 독자들에게 좋은 반응을 얻었다. 1978년 계간 문학지 『창작과비평』을 통해서였다. 독자들의 뜨거운 반응에 나는 기쁘기보다는 노루제 방귀에 놀라듯이 오히려 걱정이 되었다. 많이 읽히는 것이 두려웠다. 도전적인 글을 썼으니 무사히 넘어가지 못하리라는 불안감이었다. 어느 정도는 각오하고 있었지만, 막상 작품을 내놓고 보니 두려움이 현실로 와 닿았다. 다시는 4·3 얘기를 안 쓸 테니, 제발 이번만은 무사히 넘어가달라고 빌고 싶은 심정이었다.

그 작품을 계기로 나는 고향 출신 청년들을 만나게 되었다. 그들은 대개 사회운동에 관심 있는 이십 대 후반의 젊은이들로 그들 중에는 긴급조치법 위반으로 징역을 살다 나온 직접 행동파도 서너 명 되었다. 김명식, 고희범, 강창일, 김영범, 허상수, 백경진, 양한권, 고은수 등이 그들이었다. (나중에 시인, 신문사 사장, 국회의원, 교사, 교수 등이 된 그들은 1990년대 초반까지 4·3 운동을 계속 밀고 나갔다.) 젊은 그들과의 교류는 소심한 나에게 여간 소중한 게 아니었다. 그들의 젊은 패기를 들이마시면서 나는 차츰 홀로 앓던 소심증에서 벗어날 수 있었다.

우리는 이듬해 4월 3일, 비록 '까마귀 모른 제사'였지만, 우리끼리 조그만 제상을 마련하여 구슬픈 만가 속에 조문과 조시를 낭송하면서 위령제를 지내기도 했다. (2년 후 나는 그 비밀 위령제에 참가한 제주 청년들과 함께 4·3을 생각하는 비합법 운동단체인 '제주사회문제협의회'를 결성할 수 있었다.) 내가 『순이 삼촌』에 이어 「도령마루의 까마귀」, 「해룡 이야기」를 잇따라 써낼 수 있었던 것도 그들의 격려에 힘입은 것이었다.

그러나 그렇게 도전적인 글을 썼는데, 그냥 무사히 넘어갈 리가 있겠는가. 결국 군사정권이 내 도전에 응답해왔다. 그동안 썼던 중단편들을 묶어 『순이 삼촌』이라는 제목으로 단행본을 내자, 그들은 더 이상 좌시할 수 없다는 듯이 나를 홱 낚아채갔다.

군 정보기관인 보안사의 지하실에 끌려간 나는 한 마리의 똥개나 다름없었다. 팬티에 겁똥까지 지렸다. 내 옷을 벗기고, 군복을 주면서 0.5초 내로 갈아입으라는 명령에 쫓겨 황급히 군복 바지에 발을 집어넣던 나는 그 바지 사타구니 부분이 피에 젖어 있는 걸 보고 깜짝 놀랐다. 바지에 피가 묻었다고 말하자, 고문자가 "어제 가톨릭농민회 놈이 매 맞고 피똥 싼 거야. 너도 그렇게 맞아볼래?" 하면서 다른 군복을 내주었다.

그렇게 시작된 매질과 구타는 3일간 계속되었다. 온몸을 잉크빛으로 검푸르게 멍들게 한 그 가혹한 매질을 생각하면 나는 지금도 놀란 새처럼 가슴이 조마조마해진다. 그 고문은 죽음을 연상시킬 만큼 매우 혹독한 것이었다. 죽음 직전까지 몰고 가는 것이 고문이었다. 육신의 참을 수 없는 고통 때문에, 차라리 육신을 벗어 버리고 싶은 충동까지 생겼다.

고문을 받으면서 나는 30년 전의 그 사건이 아직도 현재진행형임을 실감했고 나 자신이 4·3의 마지막 희생자로 느껴졌다. 온몸의 근육 세포들이 아직도 소름 끼치게 기억하고 있는 그 무서운 고통, 그 잉크빛 피멍은 보름 만에 사라졌지만, 정신적 상처는 그후 오랫동안 계속되었다.

3일간 고문당하고 피멍이 사라질 때까지 감옥에 처넣어졌는데, 엉뚱하게도 죄목이 포고령 위반이었다. 4·3은 재판에 걸기에는 그리 용이한 사건이 아니었던 모양이다. 꼭꼭 눌러 덮어두어야 할 사건을 어설프게 재판에 걸었다간 자칫 긁어 부스럼이 될지도 모른다고 판단했던 것 같다. 시비곡직을 가리는 법정 논쟁을 통해 그 사건이 일반대중에게 공개될까봐 두려웠던 것이다. 그래서 나는 30일 만에 풀려나오게 되었다. 그동안『순이 삼촌』은 초판이 매진되어 재판을 찍게 되었다.

초판 1개월 만에『순이 삼촌』재판이 발간되자, 이 책이 널리 유포되는 것을 두려워한 당국은 내 작품집을 정식으로 문제삼아 국가보안법에 걸 궁리를 했다. 이번엔 경찰이었는데, 종로경찰서 대공과였다.

한 달 이상 그들은 서울 문단과 내 고향 제주를 드나들며 내 뒷조사를 했다. 뒷조사한다는 정보가 출판사를 통해서, 고향 친지를 통해서 내 귀에 들어왔다. 나는 숨을 생각도 않고 도마에 오른 물고기처럼 언제 칼맞을 보나, 이제나저제나 하고 불안 속에서 기다렸다. 너무 걱정해서인지 한 달 동안에 체중이

5킬로그램이나 빠졌다.

마침내 나는 종로서에 잡혀 들어갔다. 대공과는 건물 2층에 있었다. 그 방에 들어선 나는 창문 아래를 내려다보면서 2층 높이를 가늠해 보았다. 보안사에서 죽음을 떠올릴 정도로 모진 고문을 당한 바 있는 나는 다시 그런 고문을 당할까봐 몹시 두려웠다. 그래서 고문의 고통이 참을 수 없이 혹독할 경우, 그 창밖으로 투신할 생각까지 했다.

다행히 그들은 철야심문만 하고 달리 고문은 하지 않았다. 내게서 별다른 혐의를 발견할 수 없었던 그들은 닷새 동안 철야심문을 한 끝에 나를 풀어주었다.

몸은 풀려났지만, 그때부터 『순이 삼촌』은 금서로 묶였다. 4·3은 충격적 사건이었고, 그래서 그 사건을 고발한 『순이 삼촌』도 사건이 되었고, 불온문서로 낙인찍혀 판금되었기 때문에 『순이 삼촌』을 읽는 일마저 사건이 되어 버렸다. 판금 14년이었다. 1980년대 민주화운동 기간 내내 판매 금지였기 때문에, 대학생들은 그 책을 제록스 복사기로 복사한 복사본을 읽어야 했다.

물론 『순이 삼촌』에 호의적인 독자들만 있던 것은 아니었다. 작품 속에 묘사된 참상들은 전체의 극히 일부일 뿐인데도 너무 충격적이어서 읽기를 꺼리는 사람들이 적지 않았다. 너무 끔찍하다고, 공권력이 설마 그런 일을 저질렀겠느냐고, 믿을 수 없다고 했다. 심지어 저자인 나를 불온한 의도, 불온한 사상을 가진 자로 의심하는 사람들도 있었다. 내 사상을 새빨갛지는 않더라도 불그죽죽하게 본 모양이었다.

하기는 그럴 것이다. 인간이 감당할 수 있는 슬픔과 불행은 그 양에 한계가 있다. 상상을 초월하는 엄청난 참사인 경우, 보통 사람들은 그것을 감당하기 어려워서 그 진상이 무엇이든 간에 알려고 하지 않고 그냥 덮어버리려는 경향이 있다. 4·3의 참사는 국가폭력에 의해 저질러진 것이기 때문에 더욱 그러한데, "민중을 보호하는 대신, 도리어 민중을 파괴해버리는 국가란 과연 무엇인가"라는 근원적 의문을 품게 될까봐 두려운 것이었다.

"당신, 왜 그따위 소설을 쓰는 거요! 난 그 책 읽다가 너무 끔찍해서 내동댕이쳤소. 추접하고 징글징글해서 구역질까지 했소. 왜 그걸 까발려? 그런 끔찍한 일은 누가 저질렀든 간에 우리의 정신 위생을 위해서 덮어두어야 하는 것 아닌가."

"아, 짜증나! 동족에 의한 학살, 그런 이야기를 누가 읽어서 좋아하겠소. 이건 적을 이롭게 하는 이적행위일 뿐이야."

그렇다. 보통 사람이 감당할 수 있는 슬픔은 작은 슬픔이다. 그들에게는 4·3의 처절한 슬픔보다는 흰 눈 위에 얼어 죽은 새에 대해 슬퍼하는 것이 더 자연스럽다. 4·3의 슬픔은 피와 비명과 떼죽음의 슬픔이었다.

필화를 입은 뒤로 나는 어쩔 수 없이 의기소침한, 울분과 절망의 사내가 되어버렸다. 그해 5월의 광주학살이 나를 더욱 울분에 빠뜨렸다. 4·3도 5·18도 군대가 저지른 국가폭력이었다. 1년 이상을 절필하고 술로 허송했다. 어쩌다 고향 출신 연대생, 이대생 네 명이 집으로 나를 찾아왔을 때, 나의 형편이 그 모양이었다. 멍청하게 딴소리하는 나에게 그들은 의외라는 듯이 "오늘이 4·3인 줄 모르시나 봐요. 그래서 찾아왔는데요" 라고 했다.

그러던 어느 날, 한 소복의 여인이 나타나서 절망의 무게에 짓눌려 자빠져 있는 나에게 어서 일어나라고, 일어나서 네 할 일을 하라고 무섭게 야단치는 생생한 꿈을 꾸었다. 그 여인은 내가 작품 속에서 창조한 '순이 삼촌'이었다. 그때 나는 가공의 인물인 그 여인이 내 분신으로서 나의 내면에 살아 있음을 깨달았다. 아니, 그 여인은 이미 가공의 인물에서 현실의 인물로 탈바꿈해 있었다. 실제로 나는 그 여인의 무서운 질책에 놀라 꿈에서 깬 뒤로 다시 글쓰기에 복귀할 힘을 얻을 수 있었다.

그러나 4·3에 대해서는 더 이상 쓸 수가 없었다. 나에게 가해진 혹독한 고문은 거기에 대해 더 이상 쓴다면 또다시 잡아가 고문하겠다는 뜻이었다. 그래서 어쩔 수 없이 나의 글쓰기는 4·3보다 더 먼 과거사로 후퇴하게 되었다.

그 무렵 나는 조선의 민중사, 특히 '민란'이란 이름의 민중 항쟁에 대해 나름대로 탐구해봤는데, 특히 제주도에 그런 항쟁 사례가 많았음을 알게 되었다. 일련의 그 항쟁들은 대부분 기록이 부실해 그 실상을 잘 알 수 없었지만, 1901년에 발생한 이재수의 난에 대해서는 다행히 논문 기록이 있었다. 저명한 역사 교수인 유홍렬의 논문이었다. 오래된 어느 논문집에서 유홍렬 교수의 논문을 우연히 발견했을 때의 감동이라니! 그때까지 그 항쟁은 전설처럼 입으로만 전해 내려오고 있었던 것이다. 천주교 측의 관점에서 쓰였기 때문에 편견이 있는 글이었지만, 내 글쓰기에는 큰 도움이 되었다.

그렇게 해서 장편소설 『변방에 우짖는 새』가 쓰였다. 이 작품을 쓰면서 나는 역대 독재정권들이 4·3을 '공산 폭동'이라고 못 박은 규정에 대해 강한 의문을 품게 되었다. 4·3은 탐라 시절부터 제주도 공동체에 있어온 전통적 항쟁의 연장선상에서 발생한 것이지, 역대 독재정권들과 그 지지세력이 주장하는 것처럼 이데올로기적 성격이 짙은 것이 아니라는 판단이 생겼다.

육지부와 떨어져 있어서 유달리 공동체 의식이 강했던 제주도는 예로부터 거친 물결로 밀어닥치는 외세에 공동체적으로 대처하는 항쟁이 잇따랐다. 그 외세는 두 종류가 있었으니, 하나는 이민족 세력으로 중국과 일본, 그리고 프랑스 제국이었고 다른 하나는 국내의 중앙정부, 즉 왕실이었다. 왕실의 수탈정책이 견디기 어려울 정도로 심해지면 도탄에 빠진 민중이 저항세력이 되어 봉기했는데, 이것을 전 시대에선 '민란'이라고 불렀다. 특히 조선 후기에 민란이 잦았다. 그중 탁월한 항쟁인 이재수의 난은 중앙정부의 수탈정책에 제주 민중이 공동체적으로 저항한 사건이다. 이 사건에는 프랑스 제국이 개입되어 있었다. 그러므로 이 소설의 내용은 4·3의 전사前史라고 말할 수 있다.

장편소설 『바람 타는 섬』은 1988년 『한겨레』 창간과 더불어 연재된 소설로 제주 해녀의 항일투쟁을 소재로 다뤘다. 이 해녀 항일투쟁은 약 3개월에 걸쳐 1만 7,000여 명이 참가한

1930년대 국내 최대의 항일투쟁이었으나, 제주도라는 고립된 지리 환경 때문에 세간에 별로 알려지지 않았다. 개탄스럽게도 사학계마저 오랫동안 이 투쟁에 대해 무지한 상태였다.『변방에 우짖는 새』의 경우와 마찬가지로 나는 4·3의 전사를 조명한다는 취지에서 이 소설을 썼다.

1980년대에 들어서자, 공포정치의 억압을 뚫고 마침내 4·3 진상규명운동이 일어나기 시작했다. 1980년대 계속되었던 민주화운동의 거대한 물결 속에 4·3도 포함되어 있었다. 내가 소속한 제주사회문제협의회가 그 운동을 선도했다. 서울에 있는 제주 출신 대학생들을 모아 4년간 대규모 위령제를 개최하고, 1989년에는 제주에 있는 벗들과 함께 4·3 연구소를 설립했다. 4·3이 발생한 지 40여 년 만이었는데, 내가 연구소의 초대 소장 노릇을 하게 됐다.

나는 꽤 오랫동안 4·3의 슬픔을 증언하기 위해서 제주의 아름다운 자연까지 슬픔을 강조하기 위한 소도구로 사용해야만 했다. 그렇게 오랫동안 4·3의 투망에 갇혀 있었다. 그러다가 1987년 민주화운동의 결과로 4·3의 금기 벽에 균열이 생기게 되자, 나의 문학적 감수성에도 변화가 생겼다.

만족스럽지는 못하지만 그래도 내 깜냥껏 4·3에 대해 썼으니, 이제는 거기에서 벗어나도 되겠다 싶었다. 동료 문인들 중에는 나의 문학을 '4·3 문학'이라고 명명하면서 본격문학이 아닌 것으로 평가절하하려는 이들이 적지 않았다. 정치색 없는 순수문학만이 본격문학이라고 그들은 생각했다. 정치소설도 순수문학일 수 있는데, 당시 한국 문단에서는 이념이나 정치적인 걸 배제해야 '순수'라고 하는 경향이 있었다. 그런 문단의 평가 때문은 아니지만, 오랫동안 문학적으로 4·3에 매달려 있었으니 이제는 거기에서 벗어나 순수문학이란 걸 하고 싶었다.

나는 4·3 속의 인간 군상과 그것의 음산한 배경으로서의 자연 풍광이 아닌, 제주 자연의 아름다움을 본연의 모습 그대로 보면서, 그 자연 속에서 살아가는 인간들을 그리고 싶었다. 그런 의도에서 쓴 것이 단편소설 「마지막 테우리」와 장편소설 『지상에 숟가락 하나』이다.

1999년에 발표된 『지상에 숟가락 하나』에서 나는 자연의 일부로서 잔뼈가 굵어지며 성장을 꾀했던 나의 어린 시절을 그렸다. 4·3의 세계에서 벗어나 오직 한 아이의 성장 내력에만 골몰해보자고 생각했다. 그럴듯한 성장소설 하나 만들어보자는 것이 애초의 의도였다. 그런데 글을 쓰다 보니 그렇게 되지 않았다. 처음엔 내 어린 시절에 겪은 인간과 자연의 순수함과 아름다움만을 그리려고 했는데 어린 나의 성장 과정을 쫓다 보니 그 속에 어린 내가 겪은 4·3이 마치 장애물처럼 도사리고 있었다. 그것을 빼면 한 아이의 성장 과정에 큰 구멍이 생겨 버릴 터이므로 그 사건에 대한 발언은 불가피한 것이었다. 게다가 그 발언이 좀 열정적이었던 탓에 이 작품은 결국 또 하나의 4·3 소설이 되고 말았다. 그래서 국방부가 발표한 금서 목록에 이 작품이 들어가게 되었다. 나는 어느 지면에다 이렇게 썼다.

지금 나는 악몽을 꾸고 있는 듯한 착각에 빠져 있다. 도대체 국방부의 시계는 지금 몇 시인가? 독재정권 시절도 아니고, 민주화된 나라에서 있을 수 없는 일이 생겼다. 반세기 전의 그 무서운 정치적 암흑이 다시 살아나 숨 막히게 나를 덮고 있다. 역대 독재정권들이 능사로 사용하던 용공 조작의 올가미가 내 목에 걸렸다.

어제(7월 31일) 국방부가 발표한 금서 목록에 나의 성장소설 『지상에 숟가락 하나』가 올라가 있는 것이다. 이른바 '북한 찬양' 문건이라는 이유에서다. 북한 찬양이라니, 평소 북한에 대해 비판적 견해를 갖고 있는 나로서는 그야말로 아닌 밤 중에 홍두깨를 맞은 꼴이다. 도대체 그 작품 어디에 그렇게 의심할 만한 대목이 있었던가. 단언컨대, 그 작품에는 '북한'이란 단어조차 등장하지 않는다. 그러면 왜 국방부가 그런 얼토당토않는 용공 조작의 폭거를 저질렀을까?

그러한 국방부의 폭거에 어느 독자는 이렇게 썼다.

'북한 찬양'으로 분류되었으나 '북한'이라는 단어는 단 한 번도 나오지 않는 소설. 참 이상하다. 처음부터 끝까지 다시 한번 읽어보았다. 도대체 나는 뭘 읽은 것일까. 뭔가 엄청난 은유와 환유로 숨겨놓은 게 분!명!한! '북한 찬양'의 뉘앙스(!)들을 열심히, 그야말로 눈에 불을 켜고 읽었다. … 그래도 모르겠다. 슬프다. 나는 밤낮으로 나라 지키느라 책 읽을 여유 따윈 있을 리가 없는 국방부 별들보다 못하다. 틀림없이 행간 어딘가 숨어 있을 '북한 찬양'의 기미를 영 찾지 못하겠다. 이 돌! 머리를 쥐어박으며 이번 기회에 나머지도 마저 열심히 읽어야겠다고 국방부를 향해 맹세, 또 맹세!

나는 오랫동안 4·3과 제주도 역사를 소재로 소설을 써오다 보니, 문학적으로 편협한 지방주의라고 폄하되기도 했다. 동료들이 멀리서 나를 보면 "저기 4·3이 온다"라고 말하는 지경이 되었다. 나도 오랫동안 4·3에 매달렸으니, 이젠 그 굴레에서 벗어나 순수문학을 하고 싶은 마음이 간절했다. 실제로 4·3에서 벗어날 결심을 하기도 했다.

그런데 밤에 고문당하는 악몽을 꾸었다. 보안사에서 당했던 것과 똑같은 고문이었는데, 고문 주체자가 보안사의 그자들이 아니라 4·3 영령들이었다. 4·3 영령들이 "뭐! 네가 감히 4·3에서 벗어나겠다고? 이놈 매우 쳐라!" 하면서 나에게 매질을 했던 것이다. 그런 악몽을 그후 한 번 더 꾸었는데, 그런 일이 있고 난 나는 평생 4·3의 굴레를 벗어나지 못할 운명이란 걸 깨달았다. 그때부터 나는 4·3의 무당임을 자처했다. 전에는 문학 자체가 목표였지만, 이제 문학은 4·3 해원굿을 위한 수단이어야 한다고 생각하게 되었다. 3만 4·3 영신이 무당인 나를 통해 인간 세상에 전하는 신탁의 말은 이렇다.

"우리를 잘 섬겨라. 섬기면 복을 주고 그렇지 않으면 화를 줄 것이다. 먹으면 먹은 값을 해주고, 못 먹으면 못 먹은 값을 하겠다."

나는 보안사에 잡혀가 고문당할 때 줄곧 '빨갱이 작가'로 불렸다. '붉은색'이란 무엇인가?

이승만 정권과 미국은 제주도 전체의 8퍼센트를 붉은색으로 칠해 '붉은 섬' 혹은 '레드 아일랜드'라고 명명했다. 당시에 그 붉은색은 곧 죽음을 의미했다. 4·3의 수많은 양민들이 붉은색의 누명을 쓰고 죽어갔다. 살아서 공산주의자가 아니었던 그들은 죽어서 공산주의자가 되었다.

낙인찍듯이 나를 '빨갱이 작가'라고 부르면서 고문했던 그들이 내게서 발견한 빨간색이라곤 고문에 짓이겨진 가운뎃손가락에 엉긴 끈끈한 피뿐이었다. 그후 오랫동안 나는 이른바 레드 콤플렉스를 앓았다. 그 콤플렉스가 심해서 심지어 빨간 옷만 봐도 섬뜩했다. 2002년 월드컵 때 한국 축구팀 서포터즈 '붉은 악마'가 빨간 옷을 입고서, '빨갱이가 되자'는 뜻의 'Be the Reds'라는 구호를 외쳤을 때, 얼마나 황당했던지! 저래도 안 잡혀가나? 그 빨간색이 집권 여당인 국민의힘의 상징색이 된 지금에도 나는 레드 콤플렉스에서 완전히 벗어나지 못해서 용기 있는 글을 써내지 못하고 있다. 보안사가 내게 가한 가혹한 고문이 그런 효과를 내고 있는 것이다.

오래고 지난한 싸움이었던 민주화운동은 다행스럽게도

1987년의 6월항쟁으로 부분적이지만 승리를 거둘 수 있었다. 그에 따라 4·3도 기를 펴고 씩씩해졌다. 그동안 고문 후유증으로 피해의식에 찌들어 있던 내가 낮은 목소리일망정 4·3은 항쟁이라고 말하고, 4·3에서 미국의 범죄를 말하게 된 것은 그때부터였다.

1988년 저명한 재일작가 김석범 선생의 4·3에 대한 필생의 역작 『화산도』가 한국어로 번역 출간되어 출판사가 그분을 한국에 초청했을 때, 환영식장에서 나는 4·3의 대학살은 미국의 이이제이 전략에 의한 것이라고 말했다. 미국이 제 손에 피를 안 묻히고 한국인에게 한국인을 죽이게 한 것이 4·3이라고 말이다.

환영식이 끝나자마자 거기에 몰래 와 있던 안기부 요원으로 보이는 자가 내게 다가와서 잔뜩 의심하는 표정으로 '이이제이'가 펜타곤 전략이면 그 정보를 어디서 구했느냐고 물었다. 그는 '이이제이'를 'EEJ'로 오해했던 것이다. 그것은 'EEJ'가 아니라 '以夷制夷'라고, 중국에서 유래한 고사성어로 "오랑캐로 하여금 오랑캐를 치도록 한다"라는 뜻이라고 설명하자 그자는 아무 대꾸도 않고 사나운 표정으로 나를 쏘아보고는 물러갔다. 등골이 서늘했다.

김석범 선생은 그보다 몇 년 전에『순이 삼촌』을 비롯한 나의 중단편과 4·3 소설 네 편을 일본어로 번역하여 책으로 발간한 바 있었다.

6월항쟁의 결과 4·3도 그 열매를 딸 수 있었으니, 2000년 국회에서 통과된 4·3 특별법과 2003년의 대통령 사과가 그것이다. 불가능을 꿈꾸었던 제주도민에게 그것은 참으로 기적 같은 일이었다. 세르반테스의『돈키호테』에 "불가능을 꿈꾸어라"라는 말이 나오는데, 우리는 그야말로 돈키호테처럼 불가능을 꿈꿨던 것이다.

나는 미력이나마 오랫동안 4·3을 위해 글을 쓰고 조직운동을 해온 셈인데, 그것을 나는 기억 투쟁이라고 부른다. 기억 투쟁은 체제의 공식 기억에 맞서는 대항 기억이다. 그것은 역대 독재정권들이 저지른 민중 기억의 부정·은폐·왜곡에 대한 투쟁이며, 대중의 무관심과 냉소에 대한 투쟁이며, 금기에 도전하는 두려움에 대한 투쟁인 것이다. 기억의 회복은 곧 과거의 복권을 의미한다. 그러므로 작가가 그러한 사건들을 소재로 소설 작품을 만든다는 것은 왜곡된 공식 기억을 부인하고 민중의 망가진 집단 기억을 복원해내는 작업과 같은 것이다.

되돌아보면 내 고향 제주도와 4·3에 대한 나의 문학적 집착은 가히 병적일 정도였던 것 같다. 고교를 졸업하고 대학에 진학한 이후 지금도 60여 년간 내내 서울과 그 근처에서 생활해왔으면서도, 정신적으로는 여태 고향을 벗어나지 못하고 있다. 몸은 육지에 상륙했으나 정신과 영혼은 아직도 그 섬에 머물러 있는 것이다. 그러한 나를 불만스럽게 여기는 독자들이 적지 않다. 내 문학적 기량이 엉뚱한 곳, 즉 4·3과 같은 정치적인 문제에 소모되고 있다는 것이다. 이러한 나를 편협한 지방주의자라고, 심지어는 분리주의자로까지 의심하는 독자들도 더러 있다. 하기는 내가 쓴 일련의 제주도 역사 이야기들이 육지와 섬, 중앙과 변방이라는 대립·갈등 구조로 되어 있으니 조금은 그런 오해를 받을 수도 있겠다.

물론 나는 그들의 말을 귀담아듣지는 않는다. 나의 문학적 전략은 변죽을 쳐서 복판을 울리게 하는 것이다. 즉 제주도는 예나 지금이나 한반도의 모순적 상황이 첨예한 양상으로 축약되어 있는 곳이므로, 고향 얘기를 함으로써 한반도의 보편적 진실에 접근해보자는 것이다. 그것은 지금도 변함없이 유효한 전략임이 분명하다. 다만 내 소설들이 좀더 광범한 독자층을 얻지 못한 것은 내가 무능하기 때문일 것이다.

어쨌거나 천박한 재능에도 불구하고, 나의 고향 이야기가 지난 47년간 그런대로 생명력을 잃지 않았으니, 참으로 분수에 넘친 복이 아닐 수 없다.

2014년에 이르러 4·3은 희생자를 추념하기 위해 국가추념일로 제정되었다. 국가추념일이 되었다고 해서 4·3의 모든 것이 해결된 것은 물론 아니다. 아직도 4·3의 진실을 부정하고 왜곡하고 폄훼하는 세력이 목소리를 높이고 있는데, 그들의 경거망동을 막기 위해서는 4·3을 끊임없이 되새기며 재기억하는 노력이 필요하다. 재기억이란 끊임없이 그 기억을 되새기는 것, 대를 이어 미체험 세대가 그 기억을 계승하는 것이다. 그렇지 않은 한, 극우세력은 4·3을 계속 부정·왜곡·폄훼하고 현란한 지금의 소비문화 속에서 일반 국민의 4·3에 대한 관심은 멀어지고 흐릿해질 수밖에 없을 것이다.

특히 제주도는 관광지여서 즐거움을 찾는 관광객의 물결 속에서 4·3의 기억이 더 희석될까 걱정이다. 그러므로 끊임없이 4·3을 재기억하는 일이 중요하다. 불행한 과거를 망각하는 자는 개인이든 사회든 간에 그 과거를 반복할 운명이 되기 때문이다.

또 하나 우리가 해야 할 것은 그 대참사의 기억을 바탕으로 세계를 향해 전쟁이 아닌 평화의 메시지를 전하는 일이다. 제

주 4·3은 미국이 개입한 사건이므로 제주도는 세계를 향해 당당하게 전쟁이 아닌 평화를 외칠 자격이 있다. 그래서 제주도는 노무현 정부가 명명한 대로 '세계 평화의 섬'이 되어야 한다. '세계 평화의 섬'으로서 제주도가 할 수 있고, 또 해야 할 일이 바로 평화의 아이콘이 되는 것이다.

한때 4·3의 참화로 초토가 되었던 이 섬땅은 이제 아름다운 자연경관을 뽐내며 평화와 생명의 땅으로 부활해 있다. 국내인은 물론 세계인들이 이곳에 관광하러 와서 4·3을 통해 평화를 배울 수 있으면 좋겠다. 최근 전쟁이나 재난의 슬픈 자취를 찾아가는 다크 투어리즘이란 이름의 관광이 활기를 띠고 있는데, 그러한 관광이 바로 평화교육이 아니겠는가. 아름다운 제주 특유의 자연경관과 함께 4·3의 아픈 역사적 기억이 국내인과 세계인의 관광 대상이 되었으면 좋겠다는 생각이다. 4·3이 좋은 관광 대상이면서, 좋은 평화교육이 될 수 있도록 잘 기획하고 꾸며봐야겠다.

최근 나는 대하소설 『제주도우다』를 발표했다. 4·3의 무당인 내가 3만 영령에게 공물로 바치기 위해 정성스럽게 쓴 이 소설은 아마도 4·3에 대한 나의 마지막 작품이 될 것이다.

나를 부르는 소리

지워진 풍경

내가 태어난 곳은 제주시 노형동 외곽에 자리 잡았던 '함박이굴'이라는 이름의 자연 부락이었다. 그곳은 정부 수립 당시 4·3 토벌군의 초토화 작전에 의해 잿더미로 변했던 300여 부락들 중 하나였다. 재앙불에 회진灰塵이 되었던 그 마을들은 훗날 주민들의 손에 의해 대부분 재건되었으나 그러지 못하고 영영 폐촌이 되어버린 곳들도 더러 있었다. 내 고향이 바로 그러한 곳이었다. 잔인무도한 권력의 손이 그 장소를 먹칠해서 지도상에서 영원히 지워버린 것이다.

일곱 살 때 시내로 피란해간 이후 나는 셋방을 전전하면서 학교를 다녔다. 일요일이나 방학 때면 홀로 농사짓는 어머니를 따라 불타버린 고향까지 십오 리 길을 걸어 다니며 농사일을 도와야 했다. 땡볕 아래 캉캉 마른 조밭에 쪼그리고 앉아 김매는 일이 얼마나 지겨웠던지! 조밭은 자주 가뭄에 시달려 애써 김매어 놓은 조밭이 군데군데 버짐처럼 벌겋게 타들어가기 일쑤여서 비가 온 날이면 학교 가는 것도 포기하고, 어머니와 함께 그 먼 길을 허위허위 달려가 햇볕에 타버린 자리에 조 포기를 솎아다 옮겨 심고는 했다. 그것이 당시 농사법이었다.

이렇게 내가 태어난 곳은 4·3의 참사와 부룩송아지 첫짐 지는 꼴로 서툴고 지겨운, 어린 나의 농사일과 연관되어 있어서 회상하기가 언짢다. 반면 가난한 셋방살이였음에도 고교 졸업 때까지 몸담아 살았던 시내 이곳저곳에 대한 추억은 언제 떠올려도 감미롭다. 잦은 흉년으로 양식이 모자라 한 끼니는 고구마로 때우는 경우가 많았지만, 그 가난이 성장하는 나를 위축시키고 주눅 들게 하지는 못했다. 한창 잔뼈를 굵히며 성장하기 바빴던 어린 나는 무던히도 놀기를 좋아했다.

초등학교 시절 나는 병문내 근처에 살았는데, 주로 병문내의 내창, 용연, 탑알(탑동)에서 놀았다. 아이들은 이따금 그 내를 가운데 두고 동서 동네로 나뉘어 투석전을 벌였고, 그러다가도 여름철 그 마른 내에 물이 실리면 서로 사이좋게 어울려 벌거벗은 알몸으로 물 텀벙대며 놀고는 했다. 내 뒤통수에는 투석전에서 돌에 맞아 터진 상처가 아직도 남아 있다.

어찌나 노는 데 정신이 팔렸던지, 하루는 어머니의 심부름도 까먹고 종일 물에서 놀다가 어머니한테 혼난 일도 있었다. 화가 잔뜩 난 어머니가 나타나선 벗어 놓은 옷을 가져가는 바람에 알몸인 채 손바닥으로 사타구니를 가리고 집을 향해 뛰어가야 했다. 길 가던 계집애들이 깔깔대고 웃었고, 나는 내 알몸이 온통 붉어질 정도로 부끄러워했다. 나는 요즘에도 발가벗은 몸으로 사람들 사이에서 당황해하는 꿈을 가끔 꾸곤 하는데, 어린 시절의 그 일에서 연유한 것인지도 모르겠다.

병문내는 하구에 명승지인 용연을 데리고 있는 한내처럼 건천(마른 내)으로서 강우량이 많은 여름철에나 잠깐 물이 실릴 뿐 연중 대부분은 마른 하상을 드러내곤 했다. 군데군데 물웅덩이가 남아 있어서 아이들이 거기에서 미역 감고, 마소들이 그 물을 먹었다. 병문내의 마른 내창에는 종종 노천 대장간이 차려져 상체를 드러낸 장정들이 무거운 망치를 휘두르면서 벌겋게 달구어진 쇠테를 마차 바퀴에 씌우는 작업을 했고, 천변에 세워진 제재소에서는 커다란 원형 톱으로 통나무를 켜내곤 했다. 분수처럼 뿜어 나오는 톱밥과 향긋한 송진 냄새가 아직도 잊히지 않는다.

병문내의 웅덩이 물에서 헤엄을 익히면 바닷가로 진출해서 놀았다. 조무래기 우리들이 자주 갔던 곳은 탑알과 용연이었다. 병문내 근처에 사는 사람들은 하류에 위치한 용천수湧泉水

인 선반물을 길어다 먹고 거기서 빨래도 했다. 왁자지껄 떠드는 소리와 함께 아낙네들이 늘 붐비는 선반물을 지나면 용연이 나왔는데, 나는 여름방학 대부분을 그 물에서 놀았다. 물가의 높은 바위에서 다이빙도 하고 물속을 헤엄쳐 닻 내린 통통선의 배 밑창 통과하기 놀이도 했다. 바람이 세서 파도가 높은 날에는 파도타기 놀이도 했다.

초등학교 6학년 때 전도全道 수영대회가 있었는데, 배영과 자유형 두 종목에서 각각 1등과 2등을 차지할 정도로 나는 물귀신이 되어 있었다. 온몸이 새까맣게 타서, 눈만 반짝거리던 그 아이가 지금 눈에 선하다.

양식이 모자랐던 시절인지라, 바닷가에서 잡히는 해물들은 좋은 단백질 공급원이 되어주었다. 특히 탑알 바닷가는 해물이 풍부했다. 거기에는 밀물에 들어오는 물고기 떼를 가두어 잡기 위한 커다란 반원형의 돌담이 쳐져 있었는데, 그것을 원담이라고 했다.

그 아름다운 바닷가는 오랜 세월에 걸친 파도의 키질에 의해 위에서부터 층층이 모래밭, 자갈밭, 그리고 큰 갯돌들이 널린 부분으로 나뉘어 있었고 해물은 대개 큰 갯돌들에 서식했다. 지천으로 게와 보말이 널려 있었고 참게·오분자기·소라·낙지도 심심찮게 잡혔다. 늘 배가 고팠던 우리들은 손에 잡히는 대로 우선 입에 집어넣어 허기를 끈 다음에야 대구덕에다 주워 담곤 했다.

집게발도 떼지 않은 채 참게를 통째로 입 안에 넣어 깨물어 먹었다. 그때 툭 하고 터져나오는 배착지근한 단물의 맛이라니! 성게도 날 선 돌로 쪼개어 노란 알을 새끼손가락으로 우벼내 먹었다. 밭에서 뽑아온 김장 배추도 그 바닷가로 날라 씻었다. 그렇게 하면 짠 바닷물에 절여져 소금을 아낄 수 있었다. 한국전쟁 중이어서 소금이 매우 귀했기 때문에 고등어 풍어가 들어도 소금이 없어 절이지 못하고, 썩혀 거름으로나 사용할 수밖에 없었다.

그러나 이러한 나의 회상에는 어쩔 수 없이 슬픔이 깃들어 있다. 이제는 그 맑고 아름다운 것들이 사라져버리고 더 이상 존재하지 않기 때문이다. 병문내는 콘크리트로 복개되었고 어떤 가뭄에도 마르지 않던 무진장의 선반물도 그 아래 깔린 채 거대한 하수도관으로 변했으며, 그 넓은 탑알 바닷가도 완전히 매립되어 유흥가로 변하고 말았다.

한내도 일부 복개되었지만 하류의 용연은 생활 폐수로 더럽혀져 있다. 냇바닥에 웅게중게 웅크리고 앉아 기묘한 아름다움의 자태를 뽐내던 현무암 암석들이 콘크리트 밑으로 들어가고, 탑알의 그 풍요롭고 아름답던 바닷가도 수많은 바다 생물의 떼죽음과 함께 매립되어 흔적 없이 사라져버린 것이다. 지천으로 널려 있던 고둥·참게·소라·오분자기·뿔고둥·성게·베말·군부·뱀고둥·낙지, 숲을 이루어 물결 따라 너울거리던 미역·모자반·마미초·청각과 갯바위·갯돌들을 파란색으로 혹은 갈색으로 아름답게 옷 입히던 파래·톳나물, 그리고 희귀종인 먹돌들, 모래밭에 피는 노란 꽃의 갯방풍, 자줏빛 꽃의 갯완두, 푸른 꽃의 순비기나무… 아, 그것들의 떼죽음을 슬퍼하는 것이 어찌 실없는 감상이겠는가.

한때 탑알 매립을 반대하는 시민운동이 맹렬히 벌어졌고, 객지에서 생활하는 나도 그 운동에 가담해 목소리를 보탠 바 있다. 하지만 자본과 자본주의적 인간들의 무차별 공세 앞에는 도무지 속수무책일 수밖에 없었다.

그리하여 나는 고향을 잃었다. 오래전 군軍 토벌대의 초토화 작전에 의해 나의 태생지인 함박이굴은 주민들의 떼죽음과 함께 지상에서 사라져버렸고, 제2의 고향 역시 그 이채로운 현무암 바위들과 선반물의 매몰과 함께, 그리고 수많은 바다 생물의 떼죽음과 함께 두꺼운 콘크리트 층에 덮여 영영 지워지고 말았다. 내가 살던 동네도 사주 관상을 보는 점집들의 밀집 지역으로 변해버려 옛 자취를 찾아볼 수 없다.

자본은 과거를 소비해버린다. 자본이 휩쓸고 가는 곳에는 더 이상 과거는 존재하지 않고 앞만 보고 무조건 내달리는 일직선의 진화론만이 있을 뿐이다. 이러한 무한 질주의 자본에게 자연이란 소비되기를 기다리는 일시적 존재에 불과하다. 그래서 나는 고향을 찾아갈 때면 어쩔 수 없이 상실감에 빠진다. 고교 졸업과 함께 그 섬 고장을 떠난 이후, 나의 삶을 인도해준 것은 유년이란 과거와 자연의 빛이었다. 가난했지만 아름다웠던 그 시절, 나의 유년은 자연 속의 삶, 자연의 일부로서의 삶이었다고 해도 과언은 아니다. 그런데 그 유년의 자연이 파괴되어 없어져버린 것이다.

'개발'이란 허울 아래 행해지는 이러한 무분별한 자연 파괴는 이미 전국적·세계적 현상이 되어 있다. 자연은 인간의 고향이요, 인간의 모태다. 그런데 그 자연이 이제 더 이상의 개발은 재앙을 의미할 정도로 만신창이가 되어 있다. 무분별한 자연 파괴는 자신의 모태에 대한 용서받을 수 없는 가혹 행위로서 언젠가는 반드시 보복당할 것이 분명하다. 탁월한 생태학책인 『가이아』의 저자는 이렇게 말했다.

인간의 착취와 학대로 병든 지구는 더 견디지 못할 지경에 이르면, 맨 먼저 가해자인 인간 종을 지표 밖으로 쓸어내버림으로써 제 몸을 정화시킬 것이라고.

바다와 술잔

몸이 쇠퇴기에 들어감에 따라 마음도 여려져서인지, 요즘 나는 감상적이 되어 눈물을 질금거릴 때가 종종 있다. 텔레비전 연속극을 보지 않는 나는 채널 돌리다가 어쩌다 마주친 값싼 신파조의 장면에 나도 모르게 눈물이 흘러나와 가족들 앞에서 당황한 일이 한두 번이 아니다. 벗들과 술 마시면서 담소하다가도 별것 아닌 일에 문득 감상에 빠져 눈물을 글썽거리기도 한다. 그런데 그 눈물이 싫기는커녕 오히려 감미롭기까지 하니 이 무슨 청승일까.

요즘 들어 잠자리가 뒤숭숭할 정도로 전에 없이 꿈을 많이 꾼다. 아마 마음이 심약해지고 감상적이 된 탓일 게다. 술에 흠뻑 취해 곯아떨어져도 어김없이 꿈을 꾸는 걸 보면, 아무래도 체세포의 쇠퇴와 함께 자기 통제의 메커니즘도 부실해지고 있음이 틀림없다.

여러 종류의 꿈 중에서 특히 내 관심을 끄는 것은 고향에 관한 꿈이다. 고향에서 나의 주변에 있다가 지금은 저세상으로 떠나간 이들이 요즘 꿈자리에 자주 등장한다. 그들은 지금 고향 땅, 한라산의 발밑에 묻혀 있다. 살아생전 그렇게 나를 사랑하고 아껴주던 이들이었건만, 나는 그동안 무심히 잊고 지내왔던 것이다.

이제 그들은 그러한 나의 무관심을 질책이라도 하려는 듯이, 깊은 밤이면 허술해진 나의 경계를 허물고 들어와 내 의식 속을 파고든다. 정보기관에 끌려가 매 맞을 궁리는 그만하고 고장난 현관문 손잡이나 고치라고 꾸중하시는 아버지, 혹한 속에 한라산 겨울 산행을 떠나는 신혼의 우리 부부를 위해 관세음보살을 되뇌시는 할머니, 병석에서 구십 세를 넘기고 마지막 일 년을 곡기 대신 소주로 견디시는 외할아버지, 치매로 길을 잃고 헤매시는 외할머니, 폐결핵을 앓느라고 두 볼이 분홍 장밋빛으로 곱게 물든 첫사랑의 소녀, 그리고 비명에 세상을 뜬 옛 친구들과 선배들…

그동안 나는 그들의 부재를 당연하다며 잊고 지내려고 해왔다. 죽음이라는 관념을 될 수 있으면 멀리하려는 것이 삶의 본질 아닌가. 가까운 사람들의 죽음은 언제나 나 자신의 죽음을 예언한다. 그래서 나는 나 자신의 죽음을 잊기 위해 그들의 죽음을 나의 일상 밖으로 몰아내버렸다. 삶이 그렇게 하도록 가르쳤다.

나는 겉으로는 염세주의자인 척 행세했지만, 속으로는 언제나 낙천적이었다. 그래서 그랬는지 나는 잠자리에 들면 꿈도 꾸는 법 없이 멍청한 잠 속으로 곯아떨어지곤 했다. 오죽했으면 명색이 문학을 한다는 사람이 꿈 없는 무식한 잠을 자다니, 그래 가지고 어떻게 문학을 해야 하나 고민까지 했을까.

그런데 이제 어지러운 꿈자리와 더불어 쫓겨났던 죽음이 다시 돌아왔다. 죽음을 생각할 나이에 접어든 것이다. 고향 땅을 배경으로 아버지, 할머니, 외조부모가 생전의 모습 그대로 꿈속에 출몰한다. 고교 졸업 무렵, 진학 좌절로 인한 절망감 속에서 나와 함께 술을 마시기 시작한 두 친구, 결국 술의 포로가 된 채 몇 년 후 알코올 중독으로 짧은 인생을 마감한 두 친구의 모습도 나타난다. 그중 한 친구가 공중전화 부스에 숨어 운두가 깨진 술잔으로 술을 마시고, 다른 녀석이 소리를 지르며 그를 찾는다. 폐결핵으로 죽은 첫사랑 소녀가 죽음이 임박한 애절함의 눈빛으로 나를 조용히 응시한다.

꿈속의 그들은 대개 내가 사춘기 무렵에 보았던 모습 그대로다. 그러나 그들이 일깨워주는 죽음은 슬프기는 해도 그렇게 고통스럽게 느껴지지는 않는다. 그들은 쓰라린 고통으로 뒤틀린 표정이 아닌 잔잔한 슬픔의 표정으로 나를 바라보고 말하기 때문이다.

잔잔한 슬픔, 그것이 죽은 그들이 살아 있는 나에게 일깨워주는 죽음의 감각이다. 걸핏하면 내 눈에서 비어져 나오는 감상적인 눈물처럼 잔잔한 슬픔이면서 어쩌면 단맛까지 나는 그어떤 것이다. 죽음이 이렇게 유순한 모습으로 떠오르는 것은 물론 내가 그러기를 원해서다. 이 유순한 죽음은 고분고분하다가도 어느 순간 불시에 맨손으로 심장을 틀어쥐는 듯한 무서운 고통으로 표변할 때가 종종 있다. 그 고통이 두렵기 때문에 나는 내 몸속의 죽음을 잘 달래지 않으면 안 된다. 이제부터는 죽음을 동거자로 의식하고, 거기에 익숙해지고 길들면서 살아야 할 나이가 된 것이다.

그래서 요즘 나는 전보다 자주 고향에 간다. 나의 생을 틔워내고, 머잖아 나의 종말까지 품어줄 그 땅에 영원히 돌아가기 위한 귀향 연습인 셈이다. 내가 달라졌다고, 비역사주의자로 퇴행하고 있다고 비판의 목소리도 들려오지만 나는 전혀 개의치 않는다.

사춘기에 꾸었던 투신자살하는 꿈도 요즘 꿈자리에 가끔 나타난다. 그 당시 나는 죽음의 관념에 사로잡혀 있었다. 사라봉의 절벽, 자살 바위에서 바다로 투신한 미대생, 고교 선배가 뛰어든 허공, 그 죽음을 흠모했던 나는 나 자신을 그 절벽 밑으로 내던지는 꿈을 꾸곤 했다. 그 꿈이 변형되어 주정공장의 높은 굴뚝 위에서 떨어지기도 했는데, 그 꿈도 요즘 나타난다.

변형된 그 꿈속에선 화산이 폭발한다. 그 화산섬이 폭발하던 태초를 나는 꿈꾸는 것이다. 화산이 터져 마른 냇바닥의 건천에 검붉고 뜨거운 용암이 실려 흘러내린다. 그 시절에 보았던, 큰비에 내가 터져 흙탕물이 몰려오는 광경과 흡사하다. 냇바닥의 물웅덩이에서 발가벗고 헤엄치던 나는 급히 밀려오는 용암의 냇물에 쫓겨 마른 냇바닥을 죽을힘을 다해 내달린다. 금방이라도 발뒤축을 물 것마냥 바싹 쫓아온 뱀처럼 몰려오는 용암의 급류, 아슬아슬한 위기의 순간에 바닷가 주정공장의 높은 굴뚝에 간신히 올라붙는다. 그리고 굴뚝 꼭대기를 향해 온 힘을 다해 오른다. 숲을 태우고 무너뜨리면서 들판을 뒤덮는 용암의 홍수, 마침내 굴뚝이 쓰러지면서 나는 손을 놓고 아래로 곤두박질친다. 때로는 그 굴뚝 꼭대기까지 기어올라가 거기에서 스스로 몸을 던져 용암 속으로 뛰어들기도 한다.

내가 화들짝 놀라 잠에서 깨는 것은 바로 그 순간이다. 아직

내 몸이 허공 중에 떠 있을 때인지, 아니면 용암 속에 박히는 순간인지는 확실치 않다. 하기는 용암에 박히는 순간 그 즉시 나란 존재가 용해되어버리기 때문에 그 순간을 꿈꿀 수는 없을 것이다.

용암에 던져진다는 것은 어떤 죽음일까? 사춘기 때부터 그 꿈을 종종 꾸어온 나는 정말 그런 죽음을 동경하는 것일까? 순간의 죽음, 수천 도의 뜨거움조차 못 느끼고, 기름 한 방울 튀기지 않는 순간의 용해, 부패 없는 깨끗한 죽음, 형체 없이 머리칼 한 오라기도 남김 없는 완벽한 무無로의 환원… 언젠가는 찾아올 나의 죽음이 지루하게 질질 끌지 않고, 한순간에 끝나는 돌연사이기를 원한다면 그 순간적인 용해야말로 가장 이상적인 죽음일지 모른다.

그래서 나는 고향에 간다. 뒤숭숭한 요즘의 꿈자리를 용두암의 시원한 갯바람에 씻기 위해서, 내 몸속의 죽음을 달래고 길들이기 위해서 나는 고향의 바다를 찾아간다. 죽음의 예감에 사로잡혀 있던 사춘기의 그 소년을 찾아 위로해주기 위해서 고향에 간다. 마치 죽음이 삶의 한 방식인 양, 무력한 자포자기가 아닌 절망적 열정 속에서 그것을 추구했던 소년 시절, 죽음조차 열정이었던 그때가 지금은 너무나 불가사의하게 보인다.

우리는 일상적인 삶에서 뜻하지 않은 습격으로 무서운 고통과 함께 죽음의 얼굴을 볼 때가 있다. 그런 충격을 최초로 겪는 것은 대개 사춘기 시작 무렵일 것이다. 추상적이고 생소하던 죽음을 자신의 몸속에서 최초로 발견하는 순간의 그 충격을 우리는 기억하고 있다.

그런데 나의 경우에 그것은 단순한 정신적 성장통에 그치지 않고 마음속에 우울한 집념을 심어 놓았던 것 같다. 나만 그랬던 것이 아니라, 그 당시 그 소도시에 살았던 불우한 청소년들 사이에는 그러한 허무주의적 풍조가 병균처럼 번져 있었다. 단순히 '존재의 슬픔'만은 아니었다. 지금 생각해보면, 그 당시의 우리는 자신도 모르게 10년 전에 겪은 4·3, 그 수만 떼죽음의 후유증을 앓고 있었던 것 같다. 그렇지 않고서야 어떻게 청소년 중에 자살자들이 끊임없이 이어지고, 그보다 몇 배 더 많은 자살 미수자가 생겨나는 그 우울한 분위기를 설명할 수 있겠는가.

죽음의 얼굴이 떠오를 때마다 나는 마치 깊은 우물을 들여다보듯 숨이 꽉 막혔다. 깊은 우물, 두레박이 깊이 떨어져 물에 닿는 철썩 소리, 높은 절벽 위에서 바다로 낙하하는 사람의 실루엣…

평소에 내가 알고 지내던 학교 선배 셋도 그렇게 세상을 버렸다. 자살 바위에서 투신자살한 그 미대생 선배 외에도, 학생회장을 지낸 동네 선배는 양잿물을 먹었고, 내 친구의 형은 말고삐를 머쿠슬나무에 걸어 목을 매달았다. 그들의 죽음이 내 정신에 영향을 끼쳤음은 물론이다. 나는 양잿물에 살짝 혀를 대고 그 죽음의 알칼리 맛을 느껴보기도 했다. 수면제를 한 줌 주머니에 넣고 다니면서 죽어버리겠다고 엄살떨던 문학 지망생 선배도 비록 자살은 하지 않았지만, 니체·쇼펜하우어·키르케고르 등에 대한 얘기로 나에게 영향을 주었다.

그러한 허무주의적 분위기에 감염되어 있던 나는 고교 졸업 무렵 마침내 자살 미수자가 된다. 집안 형편이 갑자기 거덜나 대학 진학이 좌절된 상태에서 불행한 사랑에 절망적으로 매달려 있던, 고교 졸업 무렵 나의 내면 풍경은 과연 어떠한 것이었을까?

내가 고향에 간다는 것은 잊고 있던 나의 과거를 찾아간다는 것과 같다. 그러나 사춘기 그때의 사람들은 이미 죽었거나, 내가 모르는 곳에서 나처럼 늙어가고 있을 것이고, 옛 사물도 파괴되어 남은 게 별로 없다. 그리운 것은 그 시절의 동무들이

지 지금의 늙은 그들이 아니다. 만나봤자 그들은 나의 늙어감을 비춰주는 거울일 뿐이지 않은가. 그 시기에 대한 기억도 많이 지워지고 바래져서, 먼 길을 걸어온 나그네의 등 뒤로 멀어져버린 풍경처럼 까마득하다. 오랫동안 사람이 살지 않아 허물어져 흙 속으로 사라져버린 초가집 같기도 하다.

그래, 그 초가집, 용두암을 찾아가려면 나의 옛 동네를 지나쳐야 하는데, 그 조그만 초가집도 이제는 내 후각에 인박혀 있는 냄새 같은 것들만 남고 사라지고 없다. 보릿짚과 건초의 향긋한 냄새, 여름철 뜨거운 햇볕에 자글자글 익어가던 장독대의 간장·된장·멸치젓·마늘장아찌의 구수한 냄새, 그리고 그 좋은 냄새들을 압도하면서 측간에서 밀려오는 쿠리고 묵직한 인분 섞인 돼지 거름 냄새, 사람이 사는 집은 이 냄새 저 냄새 다 나야 한다고 말씀하시던 외할아버지… 그 다정하던 자리에 지금은 낯선 다세대 주택이 서 있다.

첫사랑의 소녀도, 내가 품고 다니던 그녀의 사진도 이제는 없다. 그녀가 다니던 성당도 다른 곳으로 옮겨지고 옛 건물은 흙 속으로 돌아가버렸다. 나도 고교 시절 한때 그 성당에 다닌 적이 있었다. 졸업 때까지 한 1년 반쯤 다녔을 것이다. 주일마다 복사服事 일을 보던 친구의 권유로 갔지만, 정작 동기는 불순하게도 여학생에 대한 호기심 때문이었다. 그 무렵 나는 사랑을 알기도 전에 애상의 감정에 빠져 어두운 밤거리를 쏘다니며 점찍어 놓은 몇몇 여학생들의 집 앞에서 사랑의 애상곡을 부르는 악동들 중에 하나였다. 세레나데도 불렀고, 유행가도 불렀다.

"사랑해선 안 될 사람을 사랑하는 죄이라서 말 못 하는 내 가슴은 울어야 하나."

그렇게 우리는 열리지 않는 창을 향해 노래 부르고, 답장 없는 연애편지를 허공에다 쓰곤 했다. 나는 나를 위한 연애편지를 쓰는 대신, 친구들의 것을 대필하면서 사랑을 앓는 시늉을 했다. 내가 대필해준 한 친구는 수학 선생님의 여동생을 짝사랑하다 결국 그 선생님한테 들켜 호되게 얻어맞은 일도 있었다.

복사 친구를 따라간 성당은 과연 별세계였다. 색색으로 모자이크된 유리창, 여신도들이 머리에 쓰고 있는 흰 면사포, 서양 신부가 입은 금색 수를 놓은 자주색 망토도 이채로웠지만, 무엇보다 감동적이었던 것은 뒤쪽 이층 성가대에서 큰 풍금 소리와 함께 천상의 소리인 양 울려 퍼지는 글로리아 합창이었다. 그 장엄한 음악 소리를 들으면 마치 그 성당 안에 신이 존재하는 듯한 느낌이 들곤 했다. 그런 경건한 종교적 분위기가 싫지는 않았지만 백인 신부만은 영 마음에 들지 않았다. 흰 얼굴에 푸른 면도 자국이 주는 이물감이 섬뜩했고, 무엇보다 쏘아보는 듯한 눈빛이 그랬다. 의심하는 듯한 눈초리였다. 아마도 나에게서 개종이 불가능한 완강한 이교도의 모습을 미리 보았던 것은 아닐까?

아무튼 그 성당에서 나의 주요 관심 대상은 여학생들이었다. 미사를 끝낸 신도들이 신의 주술에서 풀려난 해방감에 와자하니 웃으며 성당 밖으로 쏟아져 나올 때, 큰 백합꽃 꽃잎 같은 흰 칼라의 교복을 입은 여학생들의 발랄한 모습은 얼마나 내 마음을 산란하게 만들었던가.

얼마 후 나는 그 여학생들 속에서, 그 성가대 속의 한 소녀를 발견하게 되었다. 서늘한 눈매에 콧날이 오뚝해서 돋보이는 용모였다. 그녀를 발견하지 못했더라면 아마 나는 성당 다니기를 금방 단념해버렸을 것이다. 일요일마다 거기에 가는 것은 순전히 그녀를 보기 위해서였다. 그녀의 신을 나도 믿고 싶었다.

여학생 무리 속에 어울려 먼빛으로만 존재하던 그 소녀가 어느 날 문득 내 앞에 나타났을 때, 내 정신 속에서 막연하고 몽상적이던 것이 사랑으로 구체화되는 그 기적의 기쁨을 무어라 표현하면 좋을까? 그녀의 편지를 처음 받고 들뜬 마음을 어찌할 수 없어 그 편지를 뜯지 않은 채 가슴에 품고 용두암 바닷가로 달려갔던 일이 생각난다.

유아 세례를 받은 그녀의 세례명은 마리아였다. 기쁨에 들떠 나의 입은 수다스러워졌고, 떨어져 있는 시간에도 내 머릿속은 그녀를 향한 말들로 가득했다. 그녀에 대한 생각이 공부에 방해가 될 지경이었다. 그래도 나는 깨지기 쉬운 나의 결심을 위해서도 그녀의 사랑이 필요했다. 모 대학 합격을 목표로 공부하고 있던 나로서는 나 자신과의 약속만으로는 부족했고, 사랑의 이름으로 그것을 맹세할 사람이 필요했던 것이다.

우리는 서로에게 속해 있다는 뜻에서 자기의 사진을 교환해 가슴에 품고 있었다. 일요일 성당에서 만나 건네주는 편지 끝부분에는 언제나 "I belong to you. I am yours"라고 쓰여 있었다. 우리는 서로 열정적으로 사랑의 편지를 쓰기는 했으나, 만나서는 손도 잡지 않은 이른바 '플라토닉 러브'였다. 우리의 사랑은 종교와 잘 어울려 있어서 그녀의 신을 나도 함께 사랑함으로써 그것을 순수한 정신적 사랑으로 만들고자 했다.

그러나 고교 졸업이 가까워질 무렵, 그 모든 것이 좌절되고 뒤틀리고 말았다. 뜻밖의 재앙처럼, 그녀에게 폐결핵 말기라는 선고가 내려졌다. 너무나 늦게 발견된 그녀의 병, 그리고 아버지의 갑작스러운 사업 실패가 준 충격과 절망은 나를 실성 직전까지 가게 했다.

절대 안정이 필요한 그녀는 나와 격리되었고, 학교도 휴학한 채 이층 방에서 연금 생활을 해야 했으며, 나는 집안이 완전히 거덜난 상황에서 입시를 치르러 상경할 엄두도 못 낸 채 절망의 구렁텅이에 내팽개쳐지고 말았다. 입시를 위해 상경하는 친구들을 항구의 부두에서 배웅할 때의 그 쓰라린 열패감이라니! 통과세 명목으로 그들에게 몇 푼씩 뜯어내어 나처럼 낙오된 못난 녀석 몇몇과 난생처음 술이라는 걸 먹고 울화를 터뜨렸던 일이 지금도 기억에 생생하다.

아직 졸업식 전인데도, 자학에 빠진 우리는 술만 보면 덤벼들었다. (폭음을 일삼는 모주꾼으로서 나의 술 인생은 그렇게 시작된 것이다.) 돈이 없어 공술을 먹어야 하는 우리는 생판 모르는 남의 잔칫집과 초상집에도 손님인 척하고 들어가 술을 퍼먹곤 했다. 남의 초상집에서 취중에 넘어져 장독을 깨고 그 때문에 붙잡혀 매를 맞기도 했고, 어두운 밤 술에 취한 채 향교 앞 길가 눈 쌓인 곳에 처박힌 채 잠들었다가 요행히 지나가는 행인에게 발견되기도 했다.

가로등이 없던 시절이었다. 나는 술에 취하면 어두운 밤거리를 굶주린 개처럼 비척비척 헤매고 다녔다. 그 길거리에 그녀가 연금되어 있는 이층 방의 불빛이 있었지만 그것은 막막한 절망일 뿐이었다.

길갓집에서 새어나오는 여인들의 즐거운 웃음소리는 나에게 얼마나 고통이었나. 치명적인 병을 앓고 있는 나의 그녀 때문에 나는 그 건강한 여자들을 증오했다. 나를 파괴하고 싶었다. 아니, 나를 파괴하기 전에 그 누군가를, 그 무언가를 먼저 파괴하고 싶었다.

자학은 나를 점점 극단으로 몰아갔다. 그렇게 밤거리를 헤매던 어느 날, 나는 어둠 속에서 딸기처럼 붉게 타는 담뱃불을 발견하고 그곳으로 갔다. 친구 원이와 함께였다. 값싼 화장품의 독한 냄새만 풍길 뿐, 여인의 얼굴도 보이지 않는 그 어두운 방에서 우리 둘은 아무 느낌도 없이 허망하게 동정을 내던져 버렸다.

요즘 늙어가는 내 몸속에서 느껴지는 죽음이 다소 잔잔하게 안정된 슬픔이라면, 사춘기에 겪은 것은 이렇게 매우 강렬한 것이었다. 말하자면 나의 절망은 무기력이 아니라, 그 자체가 하나의 에너지이고 열정이었던 모양이다. 절망의 열정 속에서 나는 죽음을 생각하고 있었다.

2년 전 사라봉의 자살 바위에서 낙하한 미대생 선배의 죽음을 생각했고, 다리를 달달 떨며 그 높은 절벽 위에 서서 그 선배가 곤두박질한 시퍼런 바다를 내려다보기도 했다. 그러나 그보다 더 절실하고 아픈 가시로 내 가슴에 박혀 있었던 것은 혁이 형의 양잿물 자살이었다. 유능한 학생회장으로 후배들에게 꽤 인기가 있었고, 나와는 한동네에 살면서 가까이 지냈던 터라, 그의 자살은 나에게 적잖은 충격이었다.

죽기 직전에 그가 입고 다녔던 검은 망토, 그가 그 망토 자락을 휘날리며 바람 찬 바닷가에 혼자 서 있던 모습이 생각난다. 그 옷은 도쿄 유학생 출신으로 제주 4·3 때 토벌대에게 살해당한 자신의 형이 입었던 것이다. 그렇게 그는 죽은 형의 옷을 입고서 그 뒤를 따라 죽어갔다. 그러니까 그의 자살은 가난으로 인한 대입 좌절 때문만은 아니고, 4·3의 슬픔도 하나의 원인이었을 것이다. 그리고 빨랫비누, 어느 날 나는 그가 거친 빨랫비누로 세수하는 걸 보았는데, 그것이 그가 먹은 양잿물과 연관되어 나의 뇌리에 남아 있다. 빨랫비누는 양잿물로 만든다고 했다.

그렇게 두 선배의 죽음을 생각하던 나는 마침내 그 죽음을 흉내 내기에 이르렀다. 아니, 흉내가 아니라 나 자신의 죽음을 창조하고 싶었다. 투신도, 양잿물도, 말고삐도 아닌 나만의 방법으로. 그래, 수평선을 향해 헤엄쳐가자. 죽음의 유혹이 분명히 느껴졌다. 유혹의 손길이 느껴지면 느껴질수록 나 자신이 두려워졌지만 그래도 계획한 대로 밀고 나갔다.

이제는 아무 쓸모 없어진 입시용 참고서들과 교과서들을 헌책방에 모두 팔아 버리고 그 돈으로 혼자 나 자신을 위한 마지막 파티를 열었다. 까짓것, 죽어버리는 거지, 뭐. 술 한잔 먹고 깨끗이 떠나버리는 거야. 그러나 술을 너무 많이 마셔 머릿속이 마비되어 버렸다. 도대체 술 취한 자가 무슨 자살을 한단 말인가.

그 밤에 용두암까지 걸어가서 차가운 바닷물에 뛰어들기는 했다. 저 수평선을 향해 헤엄쳐가다가 죽어버리자고 했다. 그러나 그렇게 되지 않았다. 겨울 바다의 차가운 물이 정신을 바짝 나게 했고, 헤엄치는 동안 팔다리에 힘이 붙으면서 슬픔과 절망, 술기운으로 둔중했던 몸에 강한 생명의 감각이 되살아난 것이다. 바닷물이 내 육신의 생명을 일깨워주는데, 어떻게 죽음을 향해 헤엄쳐갈 수가 있겠는가.

나는 정말 죽을 생각이었을까? 자신을 속이기 위한 연극은 아니었을까? 그러나 며칠 후 다시 한번 시도했던 것을 보면, 단순한 연극은 아니었던 모양이다.

이번에는 적설의 겨울 산에 텐트 없이 들어가 얼어 죽어버리자고 했다. 그렇다고 자포자기의 심정은 아니었다. 한라산 정상 밑 눈구덩이에서 텐트 없이 하룻밤을 뜬눈으로 지새우면서, 죽을지 살아날지 한번 시험해보기로 했다. 진정으로 살기 위해서도 반드시 그러한 모험을 통과해야만 할 것 같았다.

2월 말의 한라산은 여전히 눈이 하얗게 덮여 있었다. 나는 해변의 그 도시를 등지고 종일 걸어서 산으로 갔다. 구름 속의 겨울 해는 병 깊은 그 소녀의 안색처럼 핼쑥해 보였다. 인간 세상으로부터 까마득히 멀어져가면서 나는 나 자신이 점점 '인간'을 상실하고 한없이 조그만 그 무언가로 위축되어감을 느꼈다. 눈길에는 등산로임을 알리는 붉은 헝겊 조각만 드문드문 보일 뿐, 사람이 다닌 발자취는 없었다. 두려웠지만 그래도 계속 걸었다.

눈 위에는 세 잎 클로버 모양으로 어지럽게 찍힌 노루 발자국이 있었고 나뭇가지에 앉아 있던 까마귀는 나를 보자 푸드덕 날아오르면서, 앉아 있던 삭은 나뭇가지가 툭 하고 부러져 떨어졌다. 불길한 느낌이 들었지만 앞으로 계속 걸어갔다.

일몰 직전 정상 밑에 도착한 나는 강풍에 지붕이 날아가버린 대피소의 시멘트 벽에 의지해 삭정이 나무를 모아다가 모닥불을 피웠다. 산정의 양옆으로 구름 떼가 뭉클거리며 홍수처럼 밀려오더니, 곧 별빛도 없는 깜깜한 밤이 되었다. 광대한 어둠 속의 아주 조그만 균열인 모닥불, 그 모닥불 위로 내리는 안개 눈을 불안스레 살피면서, 나는 제발 큰 눈이나 강풍이 닥치지 않기를 바랐다. 텐트를 준비하지 않았기 때문에 모닥불이 꺼지면 그것으로 끝이었다. 불길이 바람에 거칠게 흔들릴 때마다 주위의 어둠은 기다렸다는 듯이 창대처럼 날카롭게 몰려들었다가 물러가곤 했다.

깜깜한 어둠과 추위가 모닥불 주위를 바싹 에워쌌다. 땀에 젖은 옷이 빳빳하게 얼어붙어 마치 차디찬 시체를 등에 업은 느낌이었으나, 불 쪽으로 등을 돌려 따뜻하게 할 엄두가 나지 않았다. 모닥불 밖의 어둠을 마주 바라보기가 두려웠던 것이다. 그 어둠에 깃들어 있는 수많은 원혼들, 오래전 겨울의 그 산에 내리는 눈 속에서 얼어 죽고 굶어 죽고 총칼 맞아 죽은 그 원혼들이 나를 에워싸고 노려보고 있는 것 같았다.

밤이 깊어가면서 추위는 더욱 심해졌다. 1,900미터의 극지

추위였다. 거기는 세계의 끝이었고, 삶의 끝이었다. 4·3 때 이 산속까지 쫓긴 그 수많은 피란민들도 거기에서 더 이상 나갈 수 없는 세계의 끝을 보지 않았던가. 나는 그때만큼 내 육체의 실존을 절실하게 느껴본 적이 없었다. 극지의 혹한 속에서 극도로 위협받는 나의 육체, 한없이 위축된 나의 생명, 내 심장의 체온이 생생하게 느껴졌다. 어릴 적에 어쩌다 잡은 참새 한 마리, 손에 잡히는 그 조그맣고 따뜻한 체온 같은 것, 말하자면 그것이 바로 나의 생명, 나의 자아였다.

이제는 오직 살아나는 일만이 중요했다. 일생을 통해 그날 밤처럼 강렬하게 나 자신의 자아를 의식하고 그것을 지키려고 애써본 적이 없다.

그날 밤 나는 뜬눈으로 밤을 새웠다. 밤이 깊어지니까 극도의 긴장과 두려움 속에서도 졸음이 쏟아져 그것과 싸우느라 발버둥친 일도 생각난다. 아무튼 그날 밤의 시련은 일종의 성인식처럼 작용하여 그후부터 나는 자기 학대의 우울한 질곡에서 벗어날 수 있었다. 이듬해 나는 서울의 어느 대학에 진학했다.

나는 고향에 간다. 요즘의 뒤숭숭한 꿈자리를 용두암의 시원한 갯바람에 씻기 위해서, 내 몸속의 죽음을 달래기 위해서 나는 고향에 간다. 무량의 가득함으로 출렁이는 밀물의 바다를 만나기 위해서, 그 바다 앞에 서서 세속의 성취가 허무한 것임을 실감하기 위해서 나는 거기에 간다. 도시의 인간이란 늘 시간에 쫓기는 시간의 노예라는 것, 시간에 의해 성취된 것은 결국 시간에 의해 무화無化되어 버린다는 것을 확인하기 위해서 나는 거기에 간다.

용두암에 와서 늘 그렇듯 나는 혼자 소주를 마신다. 검은 현무암의 바닷가, 그 시절의 추억이 짙게 스며 있어 고향을 방문할 때면 꼭 찾는 곳이다. 사춘기의 내가 친구들과 더불어 불끈거리는 서툰 열정과 욕망을 식히기 위해 샘물 통에서 냉수욕을 하고, 목이 터져라 노래 부르던 곳이다. 사랑의 편지를 읽기도 하고, 자살을 시도했던 곳도 이 바닷가다.

지금 용두암 옆에는 울긋불긋한 옷차림의 관광객들이 붐비고 있다. 그곳에서 놀던 원주민 소년들은 관광객에게 쫓겨나 더 이상 보이지 않는다. 나는 천천히 소주잔을 빨면서 관광객 행렬이 어서 끝나기를 기다린다. 관광객을 접대 중인 용두암은 늠름한 옛 모습을 잃고, 서툰 장사꾼처럼 초라해 보인다.

나는 용두암이 관광객들의 극성에서 벗어나 본연의 모습을 보여줄 시간을 기다린다. 규격화된 관광 상품에 익숙한 패키지 관광객들에게 용두암은 단지 카메라 렌즈를 통해 보는 피사체에 불과하다. 이미 사진 속에서 수없이 보아온 그 유명한 바위를 천편일률적으로 비슷한 위치에서, 비슷한 구도로 자신의 카메라에 담을 뿐이다. 풍경 그 자체를 보지 않고, 이미 보았던 사진 속의 그 규격화된 풍경을 확인할 뿐인 것이다.

술 좌판들이 장을 서고 있는 가운데, 소라·해삼 안주에 소주를 걸치면서 웃고 떠드는 소리가 낭자하다. 여기저기에서 휴대폰 소리가 연달아 터지고, 그때마다 나는 바다 건너 저 멀리 육지에서 번개같이 날아드는 전파가 내 몸을 관통하는 것 같아 흠칫흠칫 놀란다. 도대체 이런 데까지 휴대폰을 들고 오다니, 정말 잘났군, 잘났어!

좌판 장수 아줌마가 보기에 나는 아마 괴짜 관광객일 것이다. 소주 두 병과 안주 접시를 들고서 물가의 바위 끝에 가 홀로 앉아 있으니 말이다. 아무튼 나는 시끄러운 관광객들을 등지고 앉아 혼자 소주를 마신다. 앉아 있는 바위는 예나 지금이나 같은 모습이다. 그해 겨울, 수평선까지 헤엄쳐가 죽어버리겠다고 바닷물에 뛰어들었던 바로 그 바위다. 내가 그리워했던 것처럼, 이 바위도 내가 오기를 기다렸을까? 곰보처럼 구멍이 숭숭 뚫린 바위 표면도, 그 위에 널려 있는 눈곱만한 총알

고둥들도, 바위틈의 노란 거북손들도 옛 모습 그대로다.

잔잔한 바다 위로 시원한 미풍이 끊임없이 불어온다. 밀물이 시작되었나보다. 여기저기 바위 사이에서 물결이 밀려들어 울컥거린다. 그 소리가 그 시절의 내 울음을 생각나게 한다. 울컥거리는 물결 소리 속에 자신의 울음을 풀어놓으며 불행한 사랑에, 좌절된 꿈에 절망하던 그 소년을 떠올려본다. 이 바위에 앉아 수평선 너머로 조그만 점이 되어 사라지는 여객선을 바라보며 흐느끼던 일이 생각난다. 언젠가는 그 배에 실려 수평선을 넘는 꿈을 키워왔는데, 그것이 좌절되고 말았다.

대입 시험 보러 가는 친구들을 부두에서 배웅하고 나서 나는 여기로 와서 혼자 울었다. 낙오된 자의 슬픔. 빠른 속도로 멀어지던 그 여객선이 수평선에서 한참 동안 눌어붙은 듯하다가 마침내 연기만 남기고 가라앉는 모양을 지켜보면서, 내 가슴은 얼마나 쓰라렸던가.

자, 그때 그 절망과 슬픔을 위해서!

나는 술잔을 들어 술의 수면을 쪽빛 바다의 수평선에 맞춘다. 술잔 속의 술이 바다의 쪽빛으로 물들고, 나는 그 쪽빛을 꿀꺽 들이켠다.

어느새 저녁 시간이 되었다. 관광객들이 석양을 등지고 돌아간다. 그 뒤를 따라, 술을 팔던 아줌마들도 좌판을 거두고 떠난다. 소주를 두 병째 마시고 있는 나는 점점 술이 과하여 간다. 워낙 과음의 모주꾼이라 어쩔 수 없는 일이다. 술이 이끄는 대로 정신을 내버려두는 게 상책이다. 술 취한 시선으로 바라보는 느긋한 바다 풍경을 나는 좋아한다. 그 소년이 겪었던 불행한 사랑과 자살 유혹의 그 절망적 감정을 조금이라도 다시 느껴보기 위해서는 감정이입을 위한 술이 필요하다. 세월이 흐른 지금, 그것은 감정 그 자체가 아니라, 감정의 기억일 따름이기 때문이다.

매우 아팠던 그 사랑도 이제는 감정이 배제된, 하나의 기호로 변해 안타깝게도 아픔이 전해지지 않는다. 그래서 나는 술을 들이켠다.

해가 수평선 위의 구름 속으로 들어가면서 불지른 듯 순식간에 붉은 노을이 타오른다. 온 하늘의 구름 떼가 강한 구심력에 끌린 듯 석양을 향해 쏠리고 그 위로 노을빛이 빠르게 번져나간다. 해변을 뒤덮은 검은 현무암들이 자주색으로 물들면서 해변 풍경이 깊어졌다. 음영이 짙어진 바다 물결들이 노을빛을 튀기며 약동하고, 밀물과 함께 곤두박질치며 돌아오는 갈매기들의 날개도 붉게 물들었다.

관광객들의 등쌀에서 벗어난 용두암도 자주색으로 빛나면서 허공에 불끈 용틀임 친다. 불타는 노을을 향해 무슨 예감처럼 쏜살같이 날아가는 작은 새 한 마리… 장엄한 빛의 파노라마 속에 까마득한 소실점으로 사라져가는 작은 새, 무슨 뜻일까? 문득 눈물이 솟구친다. 영혼의 복판을 꿰뚫는 듯한 아픔. 내 영혼이 순간적으로 어떤 근원적인 것, 우주적인 것에 가닿은 듯한 느낌이다. 이 까닭 모를 슬픔을 위하여 나는 다시 술잔을 비운다. 감미롭기조차 한 슬픔, 이것이 죽음의 감각인가?

밀물의 바다에는 산들바람이 끊임없이 불어온다. 바람도 옛 것 그대로다. 쉴 새 없이 살랑거리며 이마를 간지럽히는 머리칼의 낯익은 감촉이 옛 바람임을 증명해준다. 먼 수평선으로부터, 먼 과거로부터 불어오는 바람이다. 나를 스쳐 흘러간 세월처럼, 바람은 조용히 느리게 흘러간다. 그 세월 동안에 옛사람들은 죽거나 늙거나 했고, 나 또한 객지에서 늙어가고 있는 신세이지만, 저 바다는 변치 않는 옛 모습 그대로다. 용두암도, 내가 지금 앉아 있는 바위도 여전히 젊다. 그들은 나 자신보다 훨씬 더 중요하고 더 참되어 보인다. 그래서 나는 한 수 배우기 위해서, 내 몸속의 죽음을 달래기 위해서 여기에 왔다.

내가 이 세상을 떠나고 없을 때, 지상에서의 나란 존재는 과연 무엇이었을까? 저 바다, 저 바위들에는 죽음을 초월한 영원의 비밀이 있다. 늘 출렁이는 바다, 저 영원한 맥박을 바라보고 있으면, 내 자신의 맥박이 거기에서 유래한 듯해서 기분이 좋아진다. 불변의 바다와 바위들로 인해서 이 바닷가에서는 모든 시간대가 똑같다. 과거도 현재도 미래도 똑같다. 내가 태어나기 전에도 그랬고, 내가 세상을 뜬 뒤에도 역시 그러할 것이다.

인적 끊긴 일몰의 시간, 사람은 없고 오직 바다와 바위들, 노을과 바람만이 두드러진 이 시간에 술 취한 나는 지금 내가 과연 현재에 있는지 과거에 있는지 아리송해진다. 가만있자, 이런 상황 이런 생각은 과거에도 겪지 않았나? 그런데 그 과거가 꼭 전생인 것만 같다.

눈앞에 벌어지고 있는 일이 마치 전생의 반복인 것처럼 느껴지는 현상이 다른 사람들에게도 일어난다는 사실을 알고 얼마나 놀랐던지. 그것을 '데자뷔'$^{déjà\ vu}$라고 했다. 과거에 겪었던 일이 지금 반복되고 있는 듯한 기시감. 그래, 전생의 일이 반복되는 건지도 몰라! "나의 종말에 나의 시작이 있다"고 노래한 시인도 있고, 어느 명상록에는 "동일한 개인들이 태어나, 동일한 운명을 밟아갈 것이다. 과거에 없었으나 현재에 있는 것은 아무것도 없고, 지금까지 있었던 것은 미래에도 있을 것이다"라는 구절도 있다. 이 순환론이 비록 거짓일지라도 적어도 이 시간만은 나에게 위안을 준다.

해는 어느새 수평선 아래로 가라앉고, 사위는 시시각각 어두워간다. 이제 돌아갈 시간이다. 비행기 탑승 시간이 가까워졌다. 나는 옛사랑의 이름, 마리아를 위해서 술잔을 든다. 거나한 취기 속에 떠오른 그녀의 얼굴은 밝은 미소로 환하다. 죽음에 임박했을 때의 그 애절한 표정이 아니어서 고맙다. 잘 있어, 마리아.

자살한 두 선배와 알코올 중독으로 죽은 두 친구에게도 술잔을 돌린다. 두 녀석 역시 슬픈 표정이 아니다. 야릇하게 비틀린 캐리커처처럼 재미있고 익살맞은 표정인데, 술기운으로 불콰하다. "애련아, 애련아, 외상 없는 인생 열차에…"를 잘 불렀던 창남이, 작살질의 명수 의광이, 쏠치에 쐬어 발이 퉁퉁 부었는데 그 아픔을 참느라고 눈물을 찔끔거리면서 아리랑을 불러대던 녀석. 자, 한잔들 해. 너희들이 번갈아 상경하여 날 찾아왔을 때 술값도 변변히 못 준 주제에 대낮에 술 취해 다닌다고 싫은 소리를 한 나를 용서하거라. 그럼, 안녕. 다시 만날 때까지 안~녕.

날이 어두워져 옅은 구름에 가려졌던 반달이 노랗게 빛을
발한다. 술 취한 내 눈에는 그것이 둘로 보인다. 그 두 개의 달
을 위하여 나는 마지막 술잔을 비운다.

나는 그 바다로 간다

나이 먹는 일이 꼭 서러운 것만은 아니어서, 거기에 따르는 즐거움도 있게 마련이다. 내 집 앞 골목길은 뛰노는 아이들의 목소리로 늘 시끌벅적한데, 글쓰기 작업에 방해된다고 성가시게 생각되던 그 아이들이 이제는 마냥 귀엽게만 보이듯이 전에는 보지 못하던 것들이 눈에 띄고, 전혀 생각 못 했던 것들이 내 의식을 잡아챈다. 천진난만하게 뛰노는 아이들 속에서 나는 어린 시절의 나와 내 동무들의 모습을 발견해내곤 한다.

이렇게 전에 없이 어린아이들이 눈에 많이 띄고, 어린 시절의 일을 많이 생각한다는 것은 그만큼 나이먹어 퇴행되었다는 뜻이기도 할 것이다. 심장 박동이 전보다 약해지고, 뜨겁던 피도 서서히 식어가고 있는 느낌이 절실하지만, 머릿속만은 오히려 상쾌하게 마르고 정갈해진 느낌이다. 호두 열매 속처럼 말이다. 물색없이 천방지축 나대던 한창나이 때는 머릿속에서 욕망의 느끼한 비곗덩이가 꿈틀거렸는데, 이제는 그것이 많이 사라졌다. 한세월 보내버린 처지인데, 더 이상의 욕망이 무슨 소용 있으랴. 호두를 많이 먹으면 머리가 좋아진다는 유감주술이 있듯이, 마른 호두 열매 속은 인간의 뇌와 비슷하게 생겼다. 나의 두뇌가 그렇게 호둣속처럼 정갈하게 말라, 작게 응축된 느낌이다.

요즘 나는 잠들기만 하면 꼭 꿈을 꾼다. 전에는 거의 꿈 없는 잠을 자다시피 해서, 혹시 작가로서 상상력이 빈곤한 탓이 아닐까 하고 걱정까지 할 지경이었는데 말이다. 아마 그것도 욕망이 줄어들어서 그럴 것이다. 욕망이 줄어들고, 그에 따라 집중할 곳이 줄어들다 보니 그 에너지가 머릿속으로 옮아가 꿈으로 나타나는 모양이다. 나의 꿈자리에는 이제는 타계했거나, 더 이상 만나지 않는 과거 속의 사람들이 자주 출몰한다. 특히 어린 시절의 동무들, 그들과 함께 놀던 고향의 바닷가가 떠오를 때가 제일 기쁘다. 그 바다가 늘 그립다.

재작년 가을, 글 친구 둘과 함께 차를 타고 동해안 쪽으로 놀러갔을 때의 일이다. 오대산의 단풍을 구경하고, 저물어서 주문진에 도착한 우리는 식당에서 시작한 술판을 여관방까지 끌고 가 고주망태가 되도록 마셔대고 아무렇게나 널브러져 잤는데, 한밤중 조갈증을 느껴 잠에서 깼다. 그런데 냉수를 들이 켜고 다시 자리에 드러누운 나의 귀에 야릇한 소리가 나직이 들려왔다. 밤의 정적 속에서 은밀히 밀려오는 소리, 술 취한 사내들이 내던져진 윷짝처럼 가로세로 널브러져 있는 여관방 분위기와는 전혀 어울리지 않는, 잠든 그 도시의 허공에 희미하게 퍼져 있는 어딘가 귀에 익은 소리, 그것은 뭐랄까 오랫동안 잊고 있었던, 어떤 그리운 곡조의 되살아남과 흡사했다.

나는 새로운 갈증으로 헐떡이며 그 소리에 귀를 기울였다. 어딘가 아득히 멀고 깊숙한 근원으로부터 긴 한숨처럼 밀려왔다가 밀려가고 하면서 단속적으로 이어지는 저것은? 저 깊은 숨결, 그렇구나, 저건 고향 바다, 바로 그 물결 소리가 아닌가! 아니, 고향 바다가 왜 여기에 와 있나?

그 소리를 좇아 아직 술이 덜 깬 몸으로 여관 밖을 나온 나는 바로 백 미터도 못 되는 전방에 검은 바다가 만(灣)을 이루며 다가와 있는 것을 보았다. 사위는 검푸른 빛으로 어둡고, 물가에 웅크린 바위들도 검은색인데, 거기에 밀려가 부서지는 물거품은 눈부시게 희었다. 그제야 주문진이 항구 도시임을 새삼스레 깨달았지만, 아닌 밤중에 바다의 출현은 너무나 뜻밖이었다. 급습당한 느낌이었다. 고향 바다가 날 찾아온 듯한 느낌!

요즘 나는 꿈속에 출몰하는 과거와 대면하기 위해서 고향을 자주 찾는다. 내 고향 제주의 이미지는 무엇보다도 드넓은 청정 바다다. 서울에서는 집에 있어도 마치 사무실에 앉아 있는 것처럼 언제나 구속감으로 답답하다. 아마도 포로로 잡혀와 아스팔트 거리에 꽂혀 있는 가로수들이 내 처지일 것이다. 빌딩과 빌딩 사이의 협곡이 일으키는 왜곡된 바람은 또 얼마나 을씨년스러운가.

그래서 나는 나의 심신 속 한없이 위축된 자연을 외부의 진정한 자연과 연결시켜 크게 확장해주기 위해 천 리 밖의 제주 바다를 찾아간다. 나의 심신은 그 바다에 빚진 바가 많다. 어린 시절의 요람이었던 바다, 나의 성장을 도와준 것들 중에서 그 바다가 차지한 몫이 아마 절반은 될 것이다.

흉년이 잦던 그 시절에 바다의 해물은 물론 중요한 양식거리였지만, 그것만이 내 성장을 도와준 것은 아니다. 나는 여름이면 바다에서 살다시피 했는데 눈의 흰자위만 제외하고 온몸이 새까맣게 그을려 있던 벌거숭이 아이들이 눈에 선하다. 그러니까 햇볕과 바람, 밀물과 썰물, 잔물결과 거센 물결들이 우리의 심신을 단련시켜 무른 뼈는 단단하게 채워주고 잔뼈는 굵게 해주었던 것이다. 헤엄치며 작살질하기, 자리돔 잡는 뗏

목 배까지 멀리 헤엄쳐 갔다 오기, 높은 데서 다이빙하기, 돌 덩이 안고 물밑 오래 걷기, 건착선 배 밑을 잠수로 통과하기, 강풍 부는 날에 파도타기 등등. 몸이 가벼운지라 헤엄치다 지치면 수면 위에 번듯이 드러누워 쉴 수도 있었다.

그러나 바다는 겉으로는 평온해 보여도 그 속에 물귀신이 숨어 있어서 때때로 부주의한 아이들의 발목을 낚아채 가는 수가 있었다. 해마다 여름철이면 익사자 한두 명은 꼭 생기곤 했다. 한번은 뱃머리에서 다이빙한 아이가 하필 해파리 위에 떨어지는 바람에 그 독에 쏘여 죽을 뻔한 일도 있었다. 해파리 만큼 위험하지는 않아도, 그 독침에 찔리면 여간 아프지 않은 '쏠치'라는 가시고기도 있었다. 나도 쏠치에게 쏘여 봤지만, 내 또래라면 누구나 그 지독한 고통에 징징 울게 마련인데, 오직 한 녀석만은 예외였다. 워낙 성질이 모질어서 돌킹이(게의 일종)라는 별명이 붙긴 했으나, 녀석의 참을성은 정말 대단했다. 녀석은 눈물 한 방울 내비침 없이 조문객을 맞는 상주의 곡소리처럼 박자 붙이고 곡조 붙여서 아이고, 아이고 했다. 글쎄, 그걸 영웅적이라고 해야 할지 희극적이라고 해야 할지 모르겠지만 아무튼 고통을 참느라고 잔뜩 찌그러진 입에서 삐져나오는 그 청승맞은 아이고 타령은 지금 생각해도 웃음이 난다.

몸이 가볍고 뼈가 부드러워 물고기처럼 유연하게 헤엄칠 수 있던 그 여름 아이들… 지금 생각하면 그 아이들이 마치 입에 아가미 돋고, 등에 지느러미 달린 바다 동물이었던 것 같다. 물고기 떼, 해초들과 더불어 바다라는 대자연의 일부로서 아이들이 존재하던 시절이었다. 인간은 바다에서 왔다고 한다. 진화론자들은 인간이 물고기에서 진화했다는 가설을 발생 초기 단계의 태아를 가지고 증명하려고 한다. 모든 동물의 태아는 발생 초기 단계에서는 물고기와 비슷하다가 3주 후에서야 서로 다른 특징이 나타나기 때문이다. 그러니까 3주쯤 지나면 아가미가 생기고, 6주쯤 후에는 양서동물의 물갈퀴가 나온다는 식으로 말이다.

이 진화론의 진위가 어떠하든 간에 나에게는 마음에 쏙 드는 학설이다. 고향의 축약된 이미지로서 바다를 생각하는 나에게 바다는 내 생존의 모태요, 요람으로 존재한다. 출렁거리는 바다 앞에 서면 마치 바다가 거대한 생명체인 듯 눈을 떼기가 어렵다. 인간 생명의 원형이 거기에 있기 때문일 것이다. 끊임없이 출렁거리는 물결, 파도의 규칙적인 진퇴운동, 바로 거기에서 나의 숨결, 나의 맥박이 비롯된 것은 아닐까.

이제 다시 나는 그 바다로 가봐야겠다. 출렁거리며 들려주는 그 영원의 말씀을 듣기 위해서, 거친 파도와 강인한 현무암의 영원한 투쟁을 보기 위해서, 바람이 막힘 없이 불어오는 그 드넓은 쪽빛 공간에 몸을 담기 위해서, 거기에 몸을 담고 나의 혼탁하고 부정한 핏줄을 정화하기 위해서, 나는 다시 그 바다로 가야겠다.

탈중심의 변방에서

지금 우리 국토는 천박한 자본에 의해 무른 메주 밟히듯 속속들이 짓밟혀져, 더 이상 비경다운 비경이 남아 있지 않은 형편이다. 벌써 20여 년 전의 일이 되어버렸지만, 어느 여름날 벗들과 함께 무거운 배낭을 메고 강원도 인제의 어느 골짜기를 온종일 허위허위 걷다가 우연히 발견하게 된 내린천 상류의 평화롭고 아름다운 마을, 살둔이 생각난다. 사방이 산으로 둘러싸여 있는 데다 자주 산안개가 자욱이 내리깔려 좀처럼 모습을 외부에 드러내지 않던 은둔의 조그만 마을이었다.

한 명의 교사와 십여 명에 불과한 마을 아이들이 함께 어울려 생활하던 그 분교의 모습은 또 얼마나 아담하고 아름다웠던지! 그런데 몇 년이 지나지 않아 그 조그마한 자연 촌락 공동체에도 비정한 자본의 촉수가 뻗쳐 들어, 분교는 효율성이라는 이름으로 폐교당하고, 마을은 개발이란 간판 아래 관광지로 전락해버리고 말았다.

자본은 뭐든지 닥치는 대로 먹어 치우는 암과 같은 존재다. 인간도 자연도 먹어 치운다. 그래서 '악마의 금전'에 코 꿰인 사람들로 인해 대거 이농離農 현상이 벌어졌다. 그에 따라 분교는 물론 정규 학교라도 학급 수가 모자라면 경제적 효율성이 없다는 이유로 가차 없이 폐교당했다. 마을 학교의 폐교는 마을 공동체의 몰락을 더욱 빨리 재촉했으니, 자연 속에서 자연을 닮은 인간들과 함께 자연의 일부로서 존재하던 전국의 수많은 아름답고 작은 학교들이 마을과 함께 그렇게 무참히 허물어지고 말았다. 먹성 좋은 자본의 무자비한 진군 앞에서는 누구든 속수무책일 수밖에 없는 세상이다.

그런데 폐교 명령에 저항하여 승리한 유일한 사례가 있었다. 내 고향 제주의 이야기라 여간 흐뭇하지 않다. 중산간 마을 중 하나인 납읍리의 사례가 그것이다. 법정 최소 학급 수인 여섯 학급에서 한 학급이 모자라 마을 학교가 폐교 위기에 처하게 되었을 때, 마을 주민들은 요즘 세상에는 보기 어려운 매우 용기 있는 실천을 보여주었다. 마을 학교의 폐교가 곧 마을의 몰락임을 알고 일치단결한 주민들은 능력에 따라 돈과 노동을 제공해, 19가구 분의 무료 임대 주택을 건립하고, 과수원과 농장에 일자리까지 마련해놓고선, 전국에 광고해 입주자를 모집했다. 그 결과 약 30명의 학생이 더 확보되어 학교를 살릴 수 있었다. 무소불위한 자본의 공격에 맞서 이겨낸 이 사례는 물론 그 마을의 굳건한 공동체 의식의 소산이다. 이 실험의 성공에 고무된 마을 주민들은 앞으로 13가구 분의 무료 임대 주택을 더 지을 계획이라는데, 참으로 놀라운 자주·자치 정신이다.

원래 그 학교는 해방 직후 마을 주민들의 힘으로 세워졌다. 그 무렵 해방의 감격과 함께 그 섬 곳곳에 경쟁적으로 세워진 수많은 마을 학교 중의 하나가 그 학교였다. 그 학교들은 정부 수립 전이라 재정적 지원이 전혀 없는 상태에서 주민들의 힘으로 세웠는데, 그래서 한때 학교 수가 인구 비율로 따져 전국 최고를 기록한 바 있었다. 남녀노소 가리지 않고, 온 마을 사람들이 덤벼들어 학교를 짓는 그 공동체 현장은 내가 너무 어려서 직접 보지는 못했지만, 퍽 볼만한 광경이었을 것이다.

그 무렵 실화로 불탄 내 소꿉동무의 집을 온 동네 사람들이 모여들어 새로 지어주는 광경을 본 적이 있다. 아마 학교 짓는 것도 비슷한 광경이었을 것이다. 살던 집이 불타버렸으니, 이제 내 동무는 불쌍한 거지가 되겠구나 하고 걱정했는데, 웬걸 동네 사람들 모두가 저마다 일손을 가지고 달려들어 한바

탕 떠들썩하게 판을 벌여놓더니, 마침내 그 불탄 자리에 새집을 번듯하게 세워 놓았던 것이다. 남자들은 물론 여자들도 팔을 걷어붙이고 나서서 흙을 파오고, 물을 길어오던 모습이 눈에 선하다.

그러나 마을 사람들이 학교를 짓고, 동네 사람들이 불타버린 이웃의 집을 지어주던 것들은 모두 1948년 4·3 이전의 일들이다. 그 일로 인해 공동체는 무참히 파괴된 채 불구가 되어 오늘에 이르고 있다. 그래서 납읍리 주민들의 성공 사례는 매우 소중하다.

그러한 공동체 의식은 육지부의 다른 지역에서는 좀처럼 찾아볼 수 없는 그 섬 고장 특유의 전통으로 멀리 탐라 시절부터 유전되어온 것이다. 내국 식민지로서 언제나 중앙으로부터 착취당하고 버림받아온 고장인지라, 생존 방식으로서 공동체 의식이 강할 수밖에 없었다.

그들은 공동운명체로서 한배에 타고 있다는 집단의식이 투철했다. 그들은 마을 단위로 상부상조의 독립적 자치 생활을 영위했는데, 그러다가 왕실이나 외세에 의한 침탈이 발생하면 일제히 궐기하여 공동체적으로 대응했다. 계급 갈등 없이 평등하고 자치적인 이러한 마을 공동체는 아나키즘에서 말하는

'자유 코뮌'과 흡사하고, 마을들의 연대 연합으로 섬 공동체를 꾸려 외세 혹은 중앙의 강권 정치에 맞서는 것도 그 주의의 '자유 연합' 이론에 들어맞는다.

자연과 인간이 일체를 이루어 존재하는 원초적 삶의 양식도 아나키즘의 '자연인'과 일치한다. 해녀항일투쟁을 소재로 쓴 나의 장편소설 『바람 타는 섬』에서 주인공 김시중은 다음과 같이 말한다.

> "바다밭을 생활 터전으로 삼고 있는 잠녀들의 사회야말로 인류가 꿈꾸는 이상적 공동체의 원형이라고 할 수 있어. 바다밭의 공동 소유, 공동 관리를 통해 이룩된 평등 사회, 코뮌이란 바로 이런 거지. 이 공동체 안에서는 사람이 사람을 지배하는 권력은 존재하지 않아. 권력의 억압을 받지 않은 자연아, 자주인, 자치인으로서의 개인들이 상부상조로서 공동체를 꾸려가는 거지."

헨리 데이비드 소로는 그의 저서 『월든』에서 그러한 공동체를 "영혼과 육체가, 그리고 한 사람과 다른 사람의 행복이 충돌하지 않는 곳"이라고 했다. 이렇게 사람과 자연이 일체를 이루고, 사람이 사람과 일체를 이룬 공동체에 외부로부터 착취의 검은 손이 덮치곤 했다. 해녀항일투쟁이 일어난 것도 그 때문이었다. 그 무렵 아나키즘을 지향하는 '우리계', 일명 '자치회' 조직이 일제 관헌에 의해 발각되어 수십 명이 검거되는 사건이 있었다. 그들은 이미 아나키즘의 실체를 자신의 고장에서 발견하고 있었던 것이다. 이러한 남다른 공동체 의식이 3개월에 걸쳐 1만 7,000여 명이 동원된 해녀항일투쟁의 자양분이 되었음은 말할 것도 없다.

그 투쟁의 주요 무대인 하도리의 반항 정서는 특히 드세서, 투쟁이 있기 전에도 일제가 그 마을에 경찰 주재소를 두려고 하다가 맹렬한 반대에 부딪혀 어쩔 수 없이 세가 약한 이웃 마을로 옮겨간 바 있었다. 주민들이 자치적으로 평화롭게 사는데 주재소가 웬 말이며, 외세에 의한 법 강요가 웬 말이냐는 것이었다.

중앙의 강권 정치가 강요하는 법치를 요령껏 피하면서, 대대로 내려온 향약과 관습에 의한 자치생활이 그 고장의 전통적 생활 방식이었다. 송사가 생기면 마을 회의에서 처리하는데, 만약 마을의 결정에 불복하여 국법에 호소한 자는 철저하게 따돌림을 당하는 게 상례였다. 마을에서 다스리는 형벌을 동형洞刑이라고 하는데, 중벌이면 마을 밖에 움막을 지어 한두 달 따로 살게 하고, 죄가 가벼우면 멍석말이라고 몸뚱이를 멍석에 말아 거꾸로 세워두곤 했다. 국법은 가혹했으나, 마을의 향약은 관대했다. 그러므로 그 고장의 공동체 생활은 권력과 법에 의한 통치가 아니라, 약속에 의한 자치였던 것이다.

'우리계'의 아나키스트들은 서양의 바쿠닌이나 크로폿킨보다는 동양의 노자를 더 좋아했다. 노자의 시대는 전쟁과 난리로 들끓는 난세였지만, 그의 공동체 주위 500리 안에는 평화로운 자연 세계가 보존되어 있었다고 한다. 그래서 그들은 비록 일제의 가혹한 통치 아래일망정 노자의 공동체처럼 가능한 한 이상에 가까운 사회에 접근해보자는 꿈을 품었던 것이다. 전쟁과 폭압정치가 횡행하던 춘추전국시대에 반전론反戰論을 펴고 국가의 민중 수탈을 성토한 노자는 무위자연을, 즉 '자연에 따르는 것이 도道'라고, 위정자는 모름지기 무위無爲로서 무사無事로서 정치하라고, 백성에게 간섭 말고, 백성의 자치 능력에 맡기라고 설파했다.

이 사상의 영향을 받은 소로는 "최소한으로 다스리는 국가, 더 나아가서는 전혀 다스리지 않는 국가"라는 똑같은 주장을 펼쳤다. 노자 사상의 기본 명제 중의 하나인 '소국과민'小國寡民

도 역시 제주의 섬 공동체에 부합하고, 더 나아가서는 그 섬 안의 많은 자치적 마을 공동체를 일컫는 말일 수 있다. '인구가 적은 작은 나라'라는 뜻의 '소국과민'을 요즘 말로 새긴다면, 지역 분권·지역 자치가 될 것이다.

물론 과거의 제주가 보여준 공동체를 오늘날 실현하기는 거의 불가능한 일이겠지만, 그 자치주의만은 본받아야 할 것이다. 오늘의 지역들을 보면, 강권 정치가 많이 희석되어 있는데도, 여전히 중앙에 철저하게 종속되어 있는 형편이다. 지금 우리 사회는 모로 가도 서울만 가면 된다는 속담 그대로 중앙집권주의 혹은 중앙집중주의가 팽배해 있다. 오랜 숙원이었던 지방자치제가 시행되고 있지만, 내용이 부실하기 짝이 없어 졸부들이나 정치행상꾼 따위들의 허욕만 만족시킬 뿐, 지역은 여전히 중앙 지배권력의 의도가 빈틈없이 관철되고 있는 실정이다.

예컨대 '지역감정'이란 이름의 지역주의도 중앙에 종속된, 왜곡된 정서일 뿐이다. 폭압적 정치권력이 사라진 지금, 그 대신 나타나 민중 위에 군림하는 것이 자본이다. 그런데도 인간은 그것이 우리의 무한 욕망과 결부되어 있기 때문에 그 악마적 속성을 잘 알아차리지 못한다. 필요를 다섯 배, 열 배나 능

가하는 소비 욕망을 충족시키기 위해 무조건 자본을 좇아가고, 자본의 무한 질주에 따라 무작정 앞으로 내달릴 뿐이다.

멈출 줄도 모르고 뒤돌아볼 줄도 모르는 자본의 질주는 지역의 먼 벽지까지 유린해버린다. 그래서 지역들은 자본에 휘둘림당하여, 인간과 자연 둘 다 망가졌다. 정치·경제는 물론 문화의 영역에까지 지역에 대한 중앙의 식민화가 철저하게 이루어져, 지역 나름의 정체성이나 특색을 찾아보기 힘들다. 지역 어디를 가나, 종속이론 그대로 착취의 대상, 소비향락 대상이 되어버린 농촌이 그대로 느껴진다. 지역의 행동방식이란 무작정 중앙을 모방하려고 기를 쓰는 것밖에 없다. 중앙에 대한 맹목적 사대주의와 순응주의만 있을 뿐, 식민화에 대한 거부나 저항의 몸짓이 도대체 눈에 띄지 않는다. 머리통만 터무니없이 크고 수족들은 형편없이 짧고 가느다란 기형아, 그것이 우리 국가사회의 모습이다.

지역에 대해서 중앙이 경의를 표하는 풍습이 형식적일망정 아직도 약간 남아 있기는 하다. 일 년에 두 번, 설날과 추석에 행해지는 '민족 대이동'이 그것이다. 고향이 거기에 있고, 대대로 이어온 조상의 숨결이 거기에 있다. 고향은 무엇보다도 아름다운 자연이 있기에 고향답다. 그런데 그 자연이 '개발'이란 명목으로 자본에 의해 유린되고 있다.

자본의 시각에서 보면, 자연이란 '소비되어지기를 기다리는' 일시적 존재에 불과하다. 모든 것이 언젠가는 자본이 집어먹을 떡인 셈이다. 개인들뿐만 아니라, 지방자치단체들까지 자연을 팔아 장사한다. 자연을 어떻게 팔아먹을까, 어떻게 소비시킬까 궁리하는 것이 지방자치단체의 중요한 행정 중의 하나가 되어 있다. 똑똑한 자치단체장일수록 자연 파괴의 범죄를 예사로 저지르는데, 차라리 무능하여 그럴 엄두를 못 낼 사람을 선거에서 뽑는 것이 낫지 않겠는가. "원님이 할 일 없어서, 동헌 마당에다 멍석 깔아 좁쌀 널고 참새 쫓는다"는 속담이 있듯이, 그와 같이 별로 할 일 없는 사람, 즉 노자가 말한 바의 '무사·무위'로써 정치할 사람을 자치단체장으로 뽑아야 자연이 무사하지 않겠는가 말이다.

지방자치제가 제대로 되려면 공동체 회복이 필수적인데, 그것은 큰 사회적 변혁 없이는 불가능한 일처럼 보인다. 그래서 우선 소국과민의 개념을 더욱 축소시켜 납읍리처럼 소규모의 공동체부터 생각해볼 필요가 있다. 납읍리의 경우, 그 마을의 원주민들뿐만 아니라 그들의 권유에 따라 그 마을로 이주해온 외지인들도 중앙의 주류적인 삶을 거부하고 자연을 선택한 용기 있는 사람들이다. 빌어먹더라도 대처가 좋다고, 도시를 버리기가 얼마나 어려운가. 여간한 자기 결단이 아니고서는 불가능한 일이다.

자기 결단은 자주적 정신에서 나온다. 자주적 인간은 단 하나의 예속, 즉 자연에 예속되기 위해 그밖의 모든 예속을 거부한다. 요즘 도시를 거부하고 루소, 즉 자연으로 돌아가는 사람들이 부쩍 많아졌다. 그들의 노력으로 소규모 귀농 공동체도 점점 늘어나고 있다. 그들은 소비를 향한 무한 욕망의 진수렁에서 벗어나 검소·검약의 맑고 자유로운 삶을 택한다. '경제'란 뜻의 영어 단어 이코노미economy에는 '검약'이라는 뜻도 있다. 주류적 삶을 거부하고 소수파가 되기로 결심한 그들의 존재야말로 자본의 모순을 비춰 보이는 비판적 거울 역할을 한다.

물론 귀농·귀향만이 전부는 아니다. 자연은 농촌에만 있는 것이 아니기 때문이다. 자연은 우리 마음속의 자연을 뜻하기도 한다. 도시 생활을 하더라도 마음속의 자연을 왜곡되지 않게 지키고 가꾸기 위해 그러한 삶에 비판적인 사람들이 얼마나 많은가.

그들 가운데에서 창조적 아웃사이더들이 잇따라 나타나고

있으니, 비판과 개혁의 실천 운동을 위해 중심에서 정신적으로 이탈한 사람들이 그들이다. 그들은 자본이 자연뿐만 아니라 인간마저 소비하고 먹어치운다는 것을 잘 알고 있다. "소비를 많이 하면 할수록, 삶의 내용은 더욱더 빈약해진다"The more we consume, the less we live라는 프랑스의 6·8 혁명 때 불거진 아나키즘의 슬로건을 본능적으로 알고 있는 것이다. 강권의 예속에서, 자본 상품의 예속에서 해방된 자유로운 정신을 그들은 지향한다.

자유로운 야당 정신이란 바로 그러한 자유로운 정신으로부터 나오는 것이다. 소로도 『시민불복종론』에서 "자연론자에게서 저항이 나온다"라고 했다. 최근에 크게 활기를 띠고 있는 시민운동 단체들은 그들이 도시의 정신적 변방에서 꾸리는 공동체다.

요컨대 한 발짝일망정 주류적 삶에서 벗어난 이탈의 정신이 필요하다. 그래야만 자본주의의 모순이 보일 것이다. 생태계 곳곳에 나타나 있는 심각한 위기 현상은 더 이상의 성장은 재앙이라는 걸 예고한다. 대규모 자연 파괴는 물론 전쟁에 의한 대규모 인명 살상까지도(9·11 테러 사태 이후 미국에 의해 일방적으로 수행되는 가공할 전쟁 상황까지도) 마치 정상적인 것으로 보이게 하는 것이 자본주의의 본색이다.

　지금이야말로 탈중심의 변방 정신이 필요한 때다. 지구를 파괴하고 인류를 파국으로 몰고 가는 자본의 무한 질주에 제동을 걸려면 이 거부와 저항의 변방 정신이 아니고는 안 된다. 자본 운동은 질주의 관성만 있고, 자신을 멈춰 세울 이성이 없기 때문이다.

거대한 초록

도시 생활에선 목이 마른 듯이 갑갑할 때가 많다. 막걸리를 들이켜도 잘 꺼지지 않는 갈증인데, 그 증세가 심해지면 나는 한라산 아래 펼쳐진 초원을 찾아간다. 드넓은 초록의 벌판에 한 마리 여치처럼 아주 작게 축소되어 놓이는 느낌이 너무 좋다. 거기에 가면 쉼 없이 불어와 질펀한 공간에 초록의 물결을 일으키는 바람도 좋고, 풀 뜯는 말들을 보는 것도 즐겁다.

봄과 여름, 적어도 일 년에 두 번 거기에 간다. 새로 자란 반투명의 연초록 봄풀과 그 연초록이 점점 자라, 드디어 완성된 짙푸른 여름풀을 나는 좋아한다. 겨우내 건초 먹어 힘이 쇠약해진 말들이 연둣빛 봄풀 먹고 원기를 회복하는 모습도, 짙푸른 여름풀을 먹고 민들민들 살찌는 모습도 보기 좋다.

7월 말, 말복 무렵에 나는 지난봄에 왔던 용눈이오름에 올랐다. 해발 600미터의 고지대인지라 구름이 낮게 뜨고 늘 바람이 분다. 넓은 초원에 야트막하게 솟은 그 오름은 잎줄기가 긴 새와 억새로 전체가 뒤덮인 짙푸른 풀밭이다. 풀잎이 신록을 벗어나 진초록으로 무성해졌다. 바람에 일렁이는 거대한 초록! 나는 올레꾼들이 다니는 길을 버리고, 방목하는 말들이 잘 다니는 좁은 오솔길을 택한다. 붉은 흙길인데, 길 양옆의 새와 억새풀들이 어찌나 무성한지 길을 덮을 정도여서, 때로는 그 풀더미를 몸으로 가르면서 걸어간다. 붉은 길바닥에는 가끔 마른 말똥들이 뒹굴고, 양쪽 풀 더미 속에서 나온 칡 줄기들이 덩굴손을 내밀면서 길을 가로질러 기어가기도 한다.

산들바람이 계속 불어와 땀을 시원하게 식혀준다. 풀밭 위로 고추잠자리들이 날고 있다. 부드럽게 부는 바람에 오름의 경사진 넓은 풀밭이 바다 물결처럼 늠실늠실 부드럽게 일렁거린다. 마치 오름 전체가 살아 움직이는 거대한 생물처럼 느껴진다.

나는 여기저기 눈길을 주면서, 아주 천천히 걸어간다. 불어오는 바람을 심호흡으로 마신다. 바람과 함께 풀의 초록이 몸속으로 들어오는 것 같다. 무디던 감각들이 예민해진다. 바람에 나부끼는 긴 풀잎들이 반바지와 티셔츠 밖으로 드러난 맨살을 할퀸다. 맨살에 닿는 따가운 풀잎의 감촉과 함께 짙은 풀냄새가 압도적인 느낌으로 다가온다. 싱싱하고 굳센, 벗은 육체와 맞부딪치는 느낌!

무성한 여름풀의 짙푸름은 초록의 절정이다. 한 생애의 절정, 지금은 내게 없는 젊은 날의 그 싱그러움! 팔다리의 맨살에는 날카로운 억새에 할퀴어 살짝 피 맺힌 자국들이 생겼다.

나는 잠시 걸음을 멈추고, 길가의 풀숲을 관찰한다. 때죽나무를 휘감고 올라가는 하늘타리의 덩굴손이 한들한들 반갑다고 손짓한다. 새와 억새가 무성한 그 풀숲은 속에 여러 종류의 다른 풀들도 빈틈없이 빽빽이 담고 있다. 나는 여러 번 오름 트레킹을 하면서 그 풀들의 이름을 익혔다. 자굴풀, 볼레낭, 무릇, 엉경퀴, 산부추, 익모초, 며느리밑씻개 등을 확인한다. 그 풀 더미 위로 기어가는 덩굴식물들도 눈여겨본다. 한삼덩굴, 청미래덩굴, 칡덩굴, 메꽃, 으아리, 댕댕이덩굴, 마삭줄, 사위질빵, 닭오줌덩굴 등등. 이 모든 풀이 한 덩어리로 어우러져 바람에 흔들린다. 서로 몸 비비며 살아가는 짙푸른 공동체!

나는 바람 속의 그 풀들이 느끼는 것을 어쩌면 나도 느낄 수 있을 것 같다. 아무 목적 없이, 어떤 생각 없이 주어진 삶을 주어진 대로 살아가는 그 모습들이 좋다. 엉경퀴의 붉은 꽃 속에 풍뎅이 두 마리가 파묻혀 꿀을 빨고 있다. 바람에 흔들린 꽃이 달콤한 냄새를 풍긴다. 나는 가시를 조심하면서 그 붉은 꽃에 살짝 입 맞춘다. 칡꽃, 산부추꽃, 참나리꽃, 패랭이꽃, 쑥부쟁이꽃의 냄새도 맡아본다. 길바닥에 떨어진 마른 말똥도 주워서 코에 대본다. 묵은 건초와 비슷한 알싸한 냄새, 놀랍게도 말똥 냄새가 들꽃 냄새와 서로 대립되지 않고 흐뭇하게 아주 잘 어울린다.

나의 후각이 동물처럼 예민해진 것 같다. 문득 야릇한 냄새가 코에 잡힌다. 나는 그 냄새가 말의 체취라고 단정한다. 얼굴에 걸리는 거미줄을 뜯어내면서 풀숲을 헤쳐 열 발짝쯤 걸어가니, 과연 산담을 두른 무덤 뒤에서 말 두 마리가 풀을 뜯고 있다. 무성한 새가 무덤을 뒤덮고 있다. 앞으로 보름쯤 지나 추석이 가까워져서야 벌초꾼이 올 것이다.

말들은 풀을 뜯다 말고, 나를 보자 흠칫 놀라 머리를 쳐든다. 말과 노루는 쓸개가 없어 겁이 많다고 한다. 그러나 이놈들은 올레꾼을 자주 대해서인지 별로 놀라는 기색은 아니다.

말들은 무덤을 둘러싼 돌담 위에 자란 찔레잎, 인동덩굴, 마삭줄을 뜯어먹고 있다. 두 마리 모두 잘생겼다. 털빛이 대춧빛으로 붉은 갈색인데, 그중 하나는 콧등에 흰 줄이 있고, 네 발목에도 흰 띠처럼 흰 털이 둘러 있다. 잘 먹고 살쪄서 털빛에 자르르 윤기가 돈다. 네 다리의 근육에는 힘줄이 굳세게 쭉쭉 뻗어 있다. 날아드는 말파리를 쫓으려고 계속 다리 근육에 투루루 경련을 일으키고, 꼬리를 홰홰 휘두른다. 하루살이처럼 아주 작은 파리들이다. 그것들이 내 얼굴, 특히 눈의 짠맛을 노려 덤벼든다.

나는 말들의 환심을 얻어 보려고 짐짓 웃음을 지으면서 아주 겸손하게 몸을 오그린다. 그러고는 배낭에 준비해온 날콩이 든 비닐봉지를 꺼낸다. 말은 콩을 좋아한다. 그 콩을 한 움큼씩 말에게 나눠준다. 말들은 큰 콧구멍을 벌름거리고, 두툼한 입술을 너불거리면서 순식간에 그 콩을 먹어치운다.

나는 말에게 바싹 다가선다. 내 호의가 받아들여졌는지, 말은 나를 외면하지 않는다. 바로 내 눈앞에 클로즈업되어 뒤룩거리는 퉁방울 눈알과 지독한 체취가 순간 나를 위축시킨다. 심호흡한 다음, 조심스레 말에게 손을 댄다.

지난봄 이 오름에 왔을 때, 나는 말 테우리(목동)에게 말을 애무하는 방법을 배웠다. 말의 콧등을 손바닥으로 쓰다듬고 귀 뒤를 문질러주다가, 뒷목줄기에 여자의 생머리처럼 길게 자란 갈기털을 몸통 쪽으로 가지런히 쓸어준다. 잠깐 사이에 말의 체취에 익숙해진 나는 기분이 흐뭇해진다.

그때 바람이 좀 강해지면서, 뜻밖에 안개가 밀려왔다. 산간지대여서 안개가 자주 낀다. 안개는 햇솜처럼 가볍게 풀밭 위를 너울거리면서 기어간다. 뜻밖에 안개를 만난 행운에 나는 속으로 쾌재를 부른다. 말들도 기분이 좋은지 발을 구른다. 안개는 삽시에 해를 가린다. 흰 안개에 햇살이 스며들어 노란빛을 띤다. 풀잎이 젖고, 미세한 물방울이 거미줄에 송알송알 맺힌다.

안개는 더욱 짙어져 햇살 스민 노란빛이 사라졌다. 허공의 안개가 반투명에서 하얀 불투명으로 변했다. 안개가 나의 얼굴과 팔다리의 맨살을 적신다. 시원하다. 말 하나가 꼬리를 바짝 쳐든다. 꽁무니에서 굵고 둥근 말똥 대여섯 덩어리가 잇따라 빠져나와 떨어진다. 똥이 아니라 푸른빛 알을 낳는 것 같다. 흰 안개가 푸른 말똥들에 엉긴다.

바람이 점점 거세지면서 안개가 더욱 짙어졌다. 이제 오름을 덮은 넓은 풀밭의 초록은 자욱한 젖빛 안개에 지워지고, 반경 십 미터도 안 되는 주위 풍경도 안개 속에 녹아들어 수묵색이 되어버렸다. 말들이 무덤 자리를 떠나 오솔길로 나간다. 배불리 먹었으니 이제 물 먹으러가는 모양이다. 물은 분화구 안에 있다. 나도 그들을 따라 안개 속을 걸어간다. 풀이 안개에 젖어 축 늘어졌다. 말발굽에 짓이겨진 풀냄새가 짙게 풍겨온다.

정상에 거의 다 와서 바람은 나를 쓰러뜨릴 듯이 강하게 불어닥친다. 강풍에 놀란 두 말이 능선 아래 분화구 안으로 급히 피한다. 깊이가 얕은 분화구는 경사면도 완만하다. 그러나 나는 분화구로 피하지 않고 잠시 바람과 맞서 보기로 한다. 바람이 우악스레 내 몸을 떠민다. 나는 몸을 옴츠리고 비틀거리면서, 근처의 작은 바위 뒤로 가서 납작 엎드린다.

바람은 간헐적으로 휙휙 몰아친다. 바람에 안개가 살짝 걷히면서, 분화구의 서쪽 능선 아래로 급히 내려가는 세 명의 올레꾼을 보여준다. 바위는 작아 내 몸을 충분히 가려주지 못한다. 내 몸 양옆으로 안개가 쉭쉭 바람 소리와 함께 빠르게 흘러간다.

드디어 강풍이 안개 장막을 걷어내고 오름의 푸른 모습을 다시 보여준다. 오름의 모든 풀이 거센 바람에 광란의 물결 춤을 춘다. 강풍이 얼굴을 사납게 덮치는데도, 나는 그 광경을 보려고 애를 쓴다. 바람에 숨이 막히고 눈이 아프지만 참는다. 풀밭의 모든 풀이 정상을 향해 격렬하게 나부낀다. 녹색 물결들이 잇따라 치달아오른다. 오름이 허공을 향해 더 높이 솟구쳐 오르는 것 같기도 하고, 오름 전체가 활활 타오르는 거대한 녹색 봉화처럼 보이기도 한다. 그 장엄한 광경에 나는 압도된다.

하지만 그 광경을 더 오래 볼 수 없다. 센 바람을 맞아 두 눈이 뜨거워지고, 몸도 안개에 젖어 춥다. 더는 참을 수 없어 분화구 안으로 몸을 피한다. 분화구의 경사면 중간쯤 평평한 곳에 자리 잡고 앉는다. 분화구 바닥은 바람이 많이 불지 않아 안개가 아직도 고여 있다. 그 안개 속에서 아까 그 말들이 물을 먹으며 쉬고 있을 것이다. 안개가 계속 능선을 넘어와 분화구 위 허공을 가득 채우면서 남쪽 능선을 넘어간다.

안개에 젖은 몸이 오슬오슬 춥고 시장기도 몰려와 배낭에서 김밥과 작은 소주병을 꺼낸다. 소주를 몇 모금 마시고, 종아리와 팔뚝 맨살에 생긴 상처에도 소주를 부어준다. 억새잎에 살짝 베인 가는 상처들이다. 술기운에 몸이 훈훈해지자 졸음이 온다. 무릎에 머리를 얹고 졸다가 갑작스런 정적이 느껴져, 흠칫 잠에서 깬다. 귓속에 가득했던 바람 소리가 가뭇없이 사라졌다. 돌풍이 시작처럼 갑자기 멈춘 것이다. 기적처럼 푸른 하늘이 열리고, 해가 났다. 분화구 바닥에 고였던 안개도 걷히면서, 풀 뜯는 두 마리의 말들을 보여준다.

나는 다시 분화구의 능선에 오른다. 시원하게 갠 푸른 하늘, 낮게 내려온 흰 구름 한 덩어리가 레구홍 암탉이 알을 품듯이 나를 품으려고 한다. 오름의 경사진 풀밭은 평온을 되찾아 이전처럼 산들바람에 늠실늠실 부드럽게 물결친다. 오름 주위로 질펀하게 펼쳐진 푸른 초원에 바람과 햇빛이 일렁거린다. 들꽃들도 부드럽게 흔들린다. 햇빛과 바람에 민감하게 반응하면서 몸을 떠는 풀들의 사랑, 그 행복을 나도 느껴 보기 위해 몸을 기울여본다.

풀들이 심호흡으로 바람과 햇빛을 들이마신다
햇볕이 안개에 젖은 풀밭을 말린다
풀밭엔 어렴풋이 증기가 감돌고
여치가 날개에 맺힌 물기를 털어내고
산들바람이 잔대꽃을 흔들고
산제비들이 날고
까마귀는 말똥을 헤집고
산비둘기가 구구 울고
말들은 뿍뿍 풀을 뜯고

나는 말의 갈색이 풀의 초록 속에 같은 핏줄인 양 조화롭게 녹아들어 있음을 본다. 나의 몸도, 나의 영혼도 점점 소모되어 풀의 초록 속으로 녹아드는 느낌이다. 용서하며 안아주는 초원의 관대하고 넉넉한 품이 느껴진다. 풀잎 위를 기어가는 아주 작은 풀빛 여치 한 마리, 가까이 다가가 들여다본다. 여치의 푸른 체액처럼, 나의 피도 초록으로 변하는 느낌이다. 인간은 짐승임이 분명한데도.

우 리 는　누 구 인 가

벗어야 할 마음의 굴레

　허구한 날 반목과 증오로 날을 지새우는 여야 정당 간의 더러운 정쟁이 불러일으킨 결과 우리 사회는 지금 지역감정이라는 고약한 망령에 사로잡혀 한창 열병을 앓고 있다.

　문학평론가 염무웅 씨는 지역감정을 낙엽 덮인 아스팔트에 비유한 바 있다. 평소에는 아무 탈 잡을 데 없이 매너 좋고, 언동이 온화한 사람들이 특정 지역 얘기만 나오면 벌레 씹은 듯 표정이 일그러지는 경우를 우리는 흔히 목격한다. 그 모습은 마치 산책길에서 발밑에 폭신폭신 밟히던 낙엽이 갑자기 들이닥친 돌풍에 날리면서 섬뜩하게 드러나는 차디찬 아스팔트를 연상시킨다고 했다.

　부드러움 속에 은폐되어 있는 요지부동의 아집, 유구한 역사와 전통을 자랑하는 불화와 분열의 이 해묵은 지역감정을 누가 감히 말리겠는가. 평소 아무렇지도 않은 듯 서로 섞여 지내던 사람들이 무슨 일이 생기면 머릿속에 비상등이 켜진 듯

갑자기 동서로 찢겨나가고, 자기 출신 지역에 달려가 똘똘 뭉친 집체를 형성하는 현상을 보면 인간성의 진보, 역사의 진보를 의심할 수밖에 없다.

우리 사회의 가장 고질적인 병통이 바로 이 집단 콤플렉스다. 이 완강한 바윗덩이, 편견으로 굳은 체제는 어떠한 비판도 어떠한 문제 제기도, 눈물도 이성도 허용하지 않는다. 진리의 힘도 양심의 목소리도 소용이 없다. 그래서 이 바위는 그 자체가 물신이 되어 사람들을 지배한다. 말하자면 이 바위가 입법자인 셈이다. 정치도 그 토대 위에 세워져 있고 정치인들은 궁지에 처할 때마다 이 위대한 바위 아래 엎드려 도와달라고 애원한다.

심지어 리버럴리스트라고 자처하는 지식인들에게도 그것은 예민한 아킬레스 심줄이어서 조그만 자극에도 마치 스위치 넣은 전기 자동인형처럼 그 주술의 포로가 되어버린다. 온전한 정신을 갖고 있다 하더라도, 고독과 왕따의 두려움을 감수하지 않고는 개인이 거기에 저항하기란 어렵다. 무슨 정치적 쟁점(특히 선거)이 불거질 때면 그것이 가공할 집단적 광기·히스테리로 돌변하여 21세기 문명인을 쉽게 원시 부족인으로 만들어버린다.

이 감정은 오직 자기 마을만 절대시하고 타자의 존재를 완강히 거부하는 원시 부족의 그것과 매우 닮았다. 자신이 우월하다면 장점이 많고 업적도 더 많아야 하는데, 그것과 상관없이 무조건 우리만 우월하다고 생각하고 그러니까 더 많은 이익을 취해야 한다고 주장하는 것이 지역감정이다. 항상 우리만 옳고 우리가 아닌 타자는 언제나 악인 것이다.

영화를 보는 아이들은 자기편을 찾아서 "저게 좋은 사람이야, 나쁜 사람이야?" 혹은 "저게 좋은 나라야, 나쁜 나라야?" 하고 질문하기를 좋아하는 것처럼 그것은 이러한 유아적 이분법과도 별로 다르지 않다. 독선·질투·증오·지배욕으로 뭉쳐진 이 집단 콤플렉스는 우리 사회가 아직도 의식의 저능 상태에서 벗어나지 못했음을 증명한다.

어른이 된다는 것은 타자의 실존이나 독립성을 인정하는 열린 정신을 의미하지 않는가. 이 사회 전반을 사랑하는 것이 아니라 자기 출신 지역만을 배타적으로 사랑하는 이러한 편협한 태도를 우리는 집단 나르시시즘이라고 부른다. 출신 지역이 세상사의 중요한 대목을 규정하기 때문에, 설사 타지역 출신 상사 밑에서 일하더라도 그를 인정하지 않고 배후에 숨어 있는 지연地緣의 연줄, 그 계보에 충성을 바치게 된다.

그렇다. 지역·계보에 국한된 개인은 더 이상 자유인이 아니다. 정치 이데올로기의 억압이 많이 사라져 그 어느 때보다도 개인이 강조되고 있는 세상에, 이것이 웬 시대착오인가. 우리가 지역 선거인 명부에 등록된 하나의 구성분자일 뿐이라면, 그래서 선거 때마다 번번이 지역감정의 포로가 되고 마는 것이라면, 우리의 존재가 너무도 초라하지 않은가.

　이제는 지역감정이라는 해묵은 전체주의의 굴레에서 벗어나야 하겠다. 그것은 나 자신을 해방하고, 나 자신을 보편화하는 일이다. 자유화·보편화한 자아가 타자의 존재를 긍정하여 차별을 버리고 차이를 끌어안을 때 동서 간의 대립적 타자 관계는 공동의 목표를 향해 선의의 경쟁을 벌이는 공생적 관계로 바뀌게 될 것이다.

야만적 선동의 추악함

"야만성의 역사가 없는 문명의 역사는 없다"고 발터 베냐민
은 말했다. 하지만 테크놀로지의 발전으로 어느 때보다도 풍
요로운 물질문명을 구가해온 20세기는 인류 역사상 유례없는
참혹한 유혈의 세기이기도 했다.

비명에 간 그 죽음 가운데 서럽지 않은 죽음이 어디 있을까
마는 그래도 제일 애통한 것은 아무 방어 능력 없는 민간인들
을 대량학살한 경우일 것이다. 한 사회를 생물학적으로 멸절
시키려 했던 제노사이드의 사례들은 문명의 가면을 쓴 야만의
추악한 모습을 보여준다. 아우슈비츠, 난징, 히로시마, 킬링필
드, 르완다, 동티모르, 보스니아의 학살과 국내 사건으로는 제
주 4·3이 그 목록에 들어간다.

20세기를 흔히 미쳐버린 광기의 시대라고도 한다. 하지만
광기가 아니었다. 예컨대 아우슈비츠 수용소에서 수백만 명의
유대인을 학살한 독일의 나치는 이성 능력을 상실한 미치광이

가 아니었다는 말이다. 이성의 철학자 헤겔이라는 '거인'을 배출한 나라의 국민들인데 왜 이성이 결여되었겠는가. 오히려 그들은 목표를 달성하기 위해 빈틈없이 계획하고, 냉혹하게 실천한 너무나 '이성적'인 인간들이었다. 그리하여 가해자들에게 제노사이드는 악이 아니라 '선'이었다.

그들은 자기와 동류의 인간을 살해한다고 생각하지 않았다. 인간이 인간을 죽일 수 있으려면 상대가 인간이 아닌 악마이거나 인간보다는 짐승에 가까운 야만인이어야 했다. 인종주의자에게 이민족은 그러한 존재였다. 노근리 사건을 비롯한 여러 사건에서 보듯이, 한국전쟁 때 미군이 완전히 무방비 상태인 한국 민간인들을 대량학살할 수 있었던 것도 바로 그러한 인종주의에 의한 것이었다.

"저 더러운 '국'gook들을 모조리 쓸어버려!"라는 명령이 있었다고 외신은 전했다. 'gook'은 더럽고 지저분한 동양인을 지칭하는 말이다. 이처럼 가해자들은 문명의 이름으로 '야만인'을 죽이고 정복함으로써 스스로 야만인임을 실증해 보였다.

그런데 제주 4·3은 이민족에 의한 것이 아니라 동족에 의해 저질러진 학살이었다. 아무리 미국이 시켰다고 해도, 어떻게 동족이 동족을 3만 명이나 무참히 살해할 수 있었을까? 그 면죄부는 다름 아닌 '빨갱이'란 호칭이었다. 이민족보다도, 문둥이보다도 더 저주받은 이름이 '빨갱이'였다. 문둥이는 격리시켰지만 '빨갱이'는 더 이상 인간이 아니었고, 인간이 아니었으므로 얼마든지 살해해도 무방했다.

그리하여 무고한 양민들이 날조된 누명을 쓰고 죽어간 것이다. 이 대량학살은 광기에 의한 것이 아니라, 정치권력의 치밀한 계획에 따라 수행된 것이다. 정치화·이데올로기화한 이성은 더 이상 이성이 아니다. 그러한 이성은 자기실현을 위해서라면 언제든지 윤리를 짓밟아 민중을 희생시키고, 민중을 속일 준비가 되어 있다. 거기에 제동을 걸 수 있는 것은 민중의 비판적 이성뿐인데, 역대 파시스트 정권들은 갖은 사술과 정치적 선동으로 민중을 호도해왔다.

지역감정도 그러한 정치적 선동에 의한 것이다. 21세기를 살아가는 지금도, 동서의 지역감정은 야만적 정치선동에 사로잡혀 그 어느 때보다도 심각한 양상을 보이고 있다. 도대체 이것이 웬 인종주의인가. 마치 동족을 이민족인 양 증오하는 어처구니없는 현상이 벌어지고 있다. 이성이 부재하고, 아무 근거 없는 편견과 시뻘건 감정으로 뒤틀려 있는 것이 이 지역감정의 실체다.

앞에서 언급했듯이, 타자를 인정하지 않고 타자성을 참지 못한다는 것은 야만과 다름없다. 지역감정에 묶여 있는 자는 노예이지 민주적 인간이 아니다.

"난 프랑스인이기에 앞서 인간이다. 내가 인간인 것은 필연이지만 내가 프랑스인인 것은 우연이다"라고 한 몽테스키외의 명언을 빌려 다음과 같이 소리쳐 본다.

"나는 영남인이나 호남인이기에 앞서 한국인이다. 내가 한국인인 것은 필연이지만 내가 영남인이나 호남인인 것은 우연이다"라고.

나는 소비한다, 고로 존재하는가

인간은 실존적 자아와 사회적 자아를 동시에 지닌 이중적 존재라고 할 수 있다. 다시 말해서 인간은 남과 구별되는 유일무이한 개성으로서 존재할 뿐만 아니라, 남과 더불어 공동체를 구성하는 일원이기도 하다. 이 이중의 존재방식 중에 어느 것이 더 좋고 덜 좋으냐는 식의 우열 가림은 있을 수 없다.

실존적 자아와 사회적 자아는 상호 배타적이어서, 항상 균형을 이루고 있어야지 어느 한쪽에 지나치게 치우치게 되면 탈이 나고 만다. 예컨대 자유는 실존적 자아에게는 더없이 소중한 가치이겠지만 그렇다고 무절제하게 나의 자유만을 이기적으로 추구한다면 그것은 곧 남의 자유를 침해하는 결과가 될 것이다.

개인의 무한 욕망을 공동체의 문맥에 맞게 축소하는 도덕적 행위는 반드시 타율에 의한 것만은 아니다. 인간 본성에는 이기적인 기질과 이타적인 기질이 함께 혼재해 있다. 현실주의자이면서 동시에 이상주의자인 것이 본래 인간의 모습이다. 이기적인 것이 실존적 자아의 몫이라면 이타적인 것은 사회적 자아의 몫이다. 이타주의가 없는 공동체는 상상할 수 없으며, 공동체 정신이란 곧 이타주의의 다른 말이다.

이타주의의 극치는 자기희생이다. 공동체가 위기에 처했을 때, 혼연히 몸 바치는 의인들을 우리는 역사에서 많이 보아왔다. 강렬한 의지의 소산인 이러한 자기희생의 행동은 그 근저에 그것을 추동하는 강한 본능이 있다. 칼 융의 심리학이 밝혀 준 바와 같이, 그것은 종족 보존의 본능이다. 그러니까 이기심 못지않게 이타심 또한 인간 본성인 것이다.

종족 집단은 물론 종족의 일원인 한 개인이 위기에 처했을 때도 마찬가지다. 달려드는 기차 앞에 몸을 던져 선로에서 노는 아이를 구하고 자신은 그 기차에 치여 목숨을 잃은 사람의 경우를 우리는 알고 있다. 물에 빠져 허우적거리는 사람을 구하려고 뛰어들었다가 제 목숨까지 잃은 사람은 또 얼마나 많은가. 그것은 물귀신의 소행이 아니다. 물에 빠진 사람이 제 가족이나 제 친구가 아니더라도 주저 없이 물속으로 뛰어든다. 그것은 의심이나 망설임 없는 반사적 행동이다. 한 사람의 익사자를 구하기 위해 두세 사람이 잇따라 뛰어들어 죽기도 하는데, 한순간 충동적으로 일어나는 이러한 행동은 의식 이전의 본능에서 나온 것임에 분명하다. 위기에 처한 자가 비록 개인적으로는 모르는 사람이라고 할지라도, 종족적으로는 공동체라는 한 울타리 안에 함께 살아가는 혈연 관계인 것이다. 이렇게 사회적 자아는 실존적 자아와 함께 인간 존재의 표리를 이룬다.

우리의 사회적 자아의 이름은 한국인이다. 한국인은 대내적으로는 민중으로서 국내 지배세력에 대응하고 대외적으로는 민족으로서 외세에 맞선다. 인간이 자신의 생명, 즉 자기 자신을 가장 강하게 의식하는 것은 위기에 처해 있을 때인데 그것은 민족 공동체의 경우에도 마찬가지다. '나'의 존립을 위협하는 강력한 타자가 존재할 때 그 타자가 거울이 되어 나 자신의 모습을 생생하게 보여준다. 적 앞에 섰을 때 우리는 강렬한 열정으로 나 자신을 느낀다. 결코 남에게 양도할 수 없는 나의 자아, 나의 혼, 즉 남과 배타적으로 확연히 구별되는 나의 정체성을 느끼는 것이다.

일제의 침략으로 공동체가 위기에 처했을 때의 상황이 그러했다. 일제의 가혹한 착취와 탄압, 그리고 거기에 맞선 투쟁 과정에서 식민지 백성은 자연히 새로운 자아를 발견하게 되었다. '민족'과 '민중'이 그것으로 특히 '민중'은 왕조 시대의 '백성'과 전혀 다른 새로운 개념이었다. 왕조 시대에 역사의 엑스트라에 불과했던 백성이 각성된 민중으로서 역사의 주체로 나타나기 시작했으니, 일제의 약탈적 자본주의를 표적으로 삼은 민중의 저항운동은 계급운동이면서 동시에 항일 민족운동이었던 셈이다.

그러나 저항운동은 1930년대 후반에 이르러 일제의 가혹한 철권정치 앞에 무참히 깨어져버린다. 그때부터 해방에 이르기까지 약 10년간은 무서운 암흑의 세월이었는데, 이 시기에 엄청난 수의 변절자들이 양산된다. 일제의 황민화 공작이 얼마나 파괴적이었는지는 27퍼센트의 일어 해독자 수에서 그대로 나타난다. 일제는 식민사관을 내세워 역사를 왜곡하면서까지 식민지 백성에게 민족적 열등감을 불어넣기에 혈안이었다. 민족의 정체성이 크게 훼손당한 것은 바로 이 시기였다.

그러므로 해방은 시든 민족정기를 되살리고 망가진 민족의 정체성을 회복하는 계기가 되었어야 옳았다. 일제가 뒤집어씌운 외피를 갈가리 찢고, 자신의 운명에 대한 자결권을 가진 주체로서 일어나는 것이야말로 참다운 해방이 아닌가. 그러기 위해서는 먼저 일제에 부역하는 자들을 단죄하는 것이 일의 순서였음은 말할 것도 없다.

그런데 새 국가건설에 앞서 당연히 치렀어야 할 이 통과의 례가 점령국 미국의 방해로 좌절되고 말았다. 부일附日협력자 들이 단죄되기는커녕, 오히려 미군정에 의해 다시 억압자로 등장하게 되었다. 미군정 치하에서 치안 책임자로 있었던 우익 인사 최능진마저 "친일파의 80퍼센트가 재등용된 판에 민중의 80퍼센트가 좌파로 돌아설 것이 뻔하다"고 개탄할 정도 였다. 게다가 미·소의 책동으로 국토가 양단되는 상황까지 벌 어졌으니, 민중에게 해방은 말일 뿐 결코 진정한 해방이 아니 었다.

4·3을 취재할 때 내가 청취한 증언들도 그와 같았다. 4·3에 가담했던 그들은 그 항쟁을 독립운동이라고 불렀다. 일제 치하도 아닌데 독립운동이라니, 용어를 잘못 쓰고 있나 보다 했는데 그게 아니었다. 해방이 거꾸로 되어 삼팔선이라는 방해선이 생겼으므로 4·3은 진정한 해방을 위한 독립운동이라고 그들은 말했다.

편견에 찬 지금의 시각을 버리고, 해방 정국 그 당시의 진실로 돌아가보자. 건국 전야, 온 백성이 새 나라 건설의 꿈에 부풀어 있을 때 미·소가 강제한 분단은 너무나 큰 충격이었을 것이다. 민중의 눈에 비친 미·소는 일본 대신에 들어온 점령군일 뿐이었으니 분단에 반대하고 외세에 저항하는 것은 당연한 일이었다. 그럼에도 4·3의 민중은 반역이라는 이름으로 무참히 무찔러지고 말았다.

바로 여기에서 현대사의 파행적인 역정이 시작되었다. 외세의존적인 역대 독재정권의 폭정 아래 민중은 철저하게 정체성의 왜곡을 경험해야 했다. 분단 상황은 병영식 체제를 낳았고, 그 속에서 민중은 자신의 정당한 신분을 박탈당한 채 '졸병'의 신분으로 전락해 있었다. 국민개병제는 국민을 군사문화에 익숙하게 만들었다. 무조건적 상명하복의 논리를 경험한 국민에게 병영식 정치 체제는 그다지 낯설지 않아서, 정치군인들이 마음대로 권력을 농단할 수 있는 온상이 되었다.

권력을 잡은 그들에게 국민은 단지 졸병일 뿐이었다. 국민을 얼마든지 조작 가능한 대상으로 여기는 상명하복의 병영식 체제야말로 일본 군국주의가 물려준 유산이 아닌가. 박정희가 일본 관동군 출신이었듯이 청산되지 않은 일제의 잔재는 그처럼 확대 재생산되어 국민 위에 군림해왔던 것이다.

친일파를 청산하지 못한 우리는 해방 후부터 최근에 이르기까지 계속된 민중권력을 찬탈하려는 정권들에게 속수무책이어서 그들을 단 한 번도 단죄해본 적이 없었다. 분명하게 획을 그어 단락짓고 과거를 청산함으로써 공동체의 피를 정화해야 하는데, 그렇지 못한 데서 비롯된 왜곡된 정치사는 민중의 의식에 막심한 악영향을 끼쳐 선악의 구별에 대해 무신경했고 소신도 없었으며 냉소주의적·기회주의적 성향을 조장해왔다. 진작 청산했어야 할 유신 잔재들이 아직도 세력을 갖고 있고, 심지어 지식인이라고 자처하는 자들까지 '개발독재'라는 이름으로 유신을 찬양하는 세상이 되어버렸다.

그러한 파시스트들을 보호하고 육성한 것이 다름 아닌 미국이었다. 하지만 우리는 그걸 알면서도 모른 척해야만 했다. 오랫동안 우리는 미국의 신문을 물어본 적이 없었다. 저쪽에서는 제 손바닥의 손금 읽듯이 우리를 환히 들여다보고 있는데, 우리는 저쪽에 대한 판단을 항시 금기사항으로 묶어 놓기 일쑤였다. 미국에 대한 비판적 의식은 '반미'로 몰리기 쉽고, '반미'는 곧 패가망신을 뜻하는 '용공'이었다. 그러나 피아를 구별 못 하는 것은 저능이고, 피아의 구별을 유보하는 것은 노예 근성이다.

그리하여 자아 상실의 긴 세월이었다. 나 자신이 누구인지도 모르는데, 어떻게 정당한 도덕감각과 현실인식이 생기겠는

가. 그러므로 1970년대 후반에서 1980년대 전 기간에 걸친 민주화운동은 외세와 독재권력의 억압으로 왜곡된 개인과 민중의 얼굴을 되살리려는 정체성 회복의 자정운동이라고 할 수 있을 것이다. 오욕의 과거를 청산하여 사물들을 제대로 보는 대자적 자아로 새롭게 태어나려는 몸부림이었다. 민중사관이 정립되고 공동체의 과거 역사와 전통문화가 재발견·재평가되었다.

그렇게 암흑 속에서 집요한 싸움을 벌여온 민중은 마침내 1987년의 6월항쟁을 통해 역사 무대의 전면에 나타났다. 이제 민중은 본래의 자아를 회복하고 자기 운명의 주인으로서 새롭게 태어난 듯이 보였다. 그해 6월의 광장에서 벌어진 그 장엄한 역사의 대역전극을 어찌 잊을 수 있겠는가.

그러나 승리는 얼마 안 가 야릇하게 변질되기 시작했다. 정치적·사상적 금기들이 많이 풀려 자유의 폭도 제법 신장된 듯했다. 하지만 그 자유도 잠깐 사이에 탐욕과 방종으로 변질되어갔다. 1990년대 초부터 급격하게 조성된 소비향락적 풍조 속에서 실존적 자아와 개인주의의 극대화 현상이 벌어졌다.

개방과 세계화의 이름으로 조성된 천박한 미국식 상품문화가 대중을 그런 성향으로 몰고 갔다. 정체성의 위기가 분명한

데도 대중은 눈이 멀어 있었다. 과거에는 외세와 독재권력이라는 공동체의 적이 뚜렷하게 눈에 보였지만 지금의 적은 오리무중이다. 범람하는 현란한 상품들이 적이고, 그 배후에 숨은 외세가 적이건만 우리는 알아차리지 못한다. 알아차려도 속수무책이다.

6월항쟁 이후 10년 사이에 한국인은 그렇게 변해버렸다. 민족의 순수성을 꼭 지키자는 말이 아니다. 정체성이란 환경에 따라 얼마든지 변할 수 있다. 더구나 세계화 시대에 문화의 혼혈은 불가피하다. 그러나 아무리 그렇더라도 지금처럼 급하고 과격하고 전폭적인 변화는 회복하기 어려운 자아상실로 이어질 공산이 크다.

상품 소비는 마약과 같아서 일단 중독되면 거기서 벗어나기 어렵다. 특히 소셜 미디어의 무분별한 소비가 문제다. 그러한 상품의 마력에 매혹된 대중은 더 이상 민중도 시민도 아닐 것이다. 오직 표피적 만족에만 급급한 어리석은 소비자일 뿐이다. 그래서 그들의 유일한 모토는 "나는 소비한다, 고로 존재한다"가 된다. 이것이 곧 미국이 주도하는 세계화의 진상이다. 세계화는 미국화와 같은 말이다. 양키이즘은 개별 문화들을 잡아먹는 암이기 때문에 문화가 아니라고 했듯이, 세계화란 바로 그런 것이다.

그리하여 공동체의 먼 과거로부터 쌓아온 한국인의 정체성은 실종 직전에 이르렀다. 민족주의는 시대착오의 어리석음이거나 불온한 사상으로 전락되어 버렸다. 이것이 6월항쟁을 일으켰던 민중의 모습인가. 독재의 포로에서 상품의 포로로 바뀌고, 민중에서 어리석은 우중愚衆으로 바뀐 그들, 다시 눈빛이 흐려진 그들은 지금의 상황이 무엇인지, 자기가 누구인지, 우리가 누구인지, 죽인지 밥인지 모르는 혼수상태에 빠져 있는 것이다.

한 사회의 건강성은 위기를 맞았을 때 알아볼 수 있다. 우리는 IMF 사태에 직면한 적도 있었지만, 우리 사회의 기강은 여전히 느슨하다. 어떻게 되겠지 하며 관성 그대로 산다. 금융자본의 지배를 받은 세계 체제에서 변방은 영원히 변방일 뿐인데도, 대중은 아무런 실속 없이 세계인이라는 환상 속에 살아간다.

소비향락적인 개인을 옹호하면서 민족 혹은 공동체는 편견이요 오류라고 말하는 한없이 미국식으로 '세련된' 지식인들이여, 그것이 곧 제국주의자의 발언임을 제발 알아주길 바란다. 세계 경제 체제 속에서 상대적 자율성을 유지하기 위해서라도 자존심, 즉 민족주의는 있어야 하지 않겠는가. 협상의 능력도 역시 자신감, 즉 민족주의에서 나온다. 우리가 생각하는 것은 맹목적인 민족주의가 아닌 세련된 민족주의다.

냉소주의도 힘이 된다

자유당 시절의 대중은 언제나 '기타 여러분'이었다. 당시에는 대중을 강제 동원한 어용집회가 자주 열렸는데, 연사들의 연설은 흔히 "존경하는 아무개 의원님, 아무개 시장님, 아무개 서장님, 그리고 기타 시민 여러분!"이란 말로 시작되기 일쑤였다.

그렇게 무대의 엑스트라처럼 무표정하고 우둔해 보이기만 하던 그 '기타 여러분'이 마침내 분노하여 "못 살겠다, 갈아보자!"를 외치며 늙은 독재자의 동상을 무너뜨렸다.

그런데 그것이 죽 쒀서 개 바라지하는 꼴이 되었다. 독재를 무너뜨리고 그 자리에 민주주의의 거대한 비석을 일으켜 세우려고 모두들 몰려들어 양어깨, 두 팔로 아등바등 떠받쳐 올리던 민중은 비석 끄트머리에 웬 놈이 몰래 매달려 공중으로 따라 올라가고 있음을 알지 못했다. 비석이 다 세워져 사람들이 환호성을 지르며 위를 올려다봤을 때, 그 비석의 까마득히 높은 꼭대기에 군인 장교 한 놈이 위압적인 자세로 버티고 서서

총을 아래로 겨누고 있었다.

그렇게 시작된 군사 파시즘은 유신에서 5공에 이르는 긴 세월 동안 민중을 절대 암흑 속에 침몰시켰고, 이후에도 5년 동안 퇴장을 거부한 채 민간이라는 양두구육의 얼굴로 무대 전면에 군림했다.

그러나 암흑이 깊어지면 그 속에서 항체의 불씨가 배태되는 법이다. 절대 암흑 속에서 태어난 창조의 씨앗은 먼저 창조적 소수의 자기희생이 있었다. 체포와 고문, 용공 조작이 잇따랐다. 그 운동은 원천적으로 잠들어 있는 대중에게 경종을 울리는 계몽행위였다. 학문도 문학도 그 운동에 가담해 억압받아 일그러진 민중의 얼굴을 복원해내려고 애를 썼다.

그리하여 지배권력의 손아귀에 잡혀 언제나 조직 가능한 대상으로만 존재하던 대중, 뒤집어씌워진 허위의식에 눈이 멀어 자신이 누구인지, 현실이 무엇인지 모르던 그들이 차츰 머릿속의 자욱한 안개를 걷어내고 총명한 눈으로 자신과 현실을 바라보기 시작했다.

그러나 민중은 현실에 눈을 떴다고 해서 곧바로 행동에 투신하지 않는다. 사지를 옭아매는 두려움이 상존해 있기에 그들은 적나라한 분노 대신 수군거리는 냉소의 언어로써 상황에 대응

했다. 말하자면 냉소주의야말로 바로 대중이 발견한 무기였다. 암흑 속에서 수없이 제작된 유언비어들이 쉬쉬하며 입에서 입으로 전해졌다. 특히 전 씨 부부를 패러디한 시리즈가 대단히 인기 있었다. 그렇게 조롱과 냉소의 언어로 만들어진 반파시즘의 여론이야말로 5공을 무너뜨린 주력이 아니고 무엇이랴.

그러나 6월항쟁에서 쟁취한 민중의 승리는 야릇하게 변질되어버렸다. 항복한다고 두 손 번쩍 든 채 주춤주춤 뒤로 물러가던 집권세력은 소가 뒷걸음치다가 운 좋게 개구리를 밟은 격으로, 뜻밖에 횡재가 되었으니 항복한다고 쳐든 손이 그대로 만세를 부르는 손으로 되어버렸다. 그들이 용의주도하게 조장해온 지역감정이 총선과 대선을 치르며 더욱 적나라하게 표출되고, 그에 따라 대중은 어리석게도 지역분할주의로 분열되었다. 그러한 상황에서 호랑이도 잡기 전에 가죽을 놓고 자기들끼리 다투었던 보수 야당과 일부 재야세력의 과오를 다시금 생각해보자.

지배권력은 정치상품 판매에 감언이설이 잘 안 통하면 전가의 보도인 충격요법을 쓰는데, 공안사건을 펑펑 터뜨려 대중을 겁먹게 해놓고 "우리 당과 더불어 반공 극우주의를 사세요"라며 판촉하고 설득한다.

언론사들이 판매하는 정치상품은 '양비론'이다. 여도 나쁘고 야도 나쁘다는 것이다. 나쁜 것의 원인 제공자가 여인데도 여야 똑같이 나쁘다는 해괴한 논리를 펴는데, 그것이 희한하게도 그대로 대중에게 먹혀들어 간다. 우리 사회에 독소처럼 퍼지고 있는 정치적 냉소주의와 허무주의는 바로 이 양비론의 결과임은 물론이다. 대중의 정치적 무관심은 기득권층의 승승장구를 보장해줄 뿐이다.

군인이 정치를 하니 재벌도 난들 못할까 보냐고 당을 만든 적이 있다. 그는 정치를 상품으로 생각하는 대표적 인물이었다. 상품 제조 판매업자인 그는 대중을 민중도, 시민도 아닌 자신의 상술에 쉽게 넘어가는 단순한 소비자로 간주해버렸다. 그는 이미 대중 속에 심어진 자신의 이미지를 십분 활용한 것이다. 그의 상품을 한두 번 사용 안 해본 사람이 우리 중에 누가 있겠는가. 그가 만든 자동차를 타고 다니고 그가 만든 아파트에 사는 사람이 얼마나 많은가. 우리는 그 재벌이 만든 상품의 충실한 소비자일 뿐만 아니라, 본의 아니게도 그 상품을 선전하는 샌드위치맨 역할까지 했다. 그들이 타고 있는 승용차에도 그들이 거주하는 아파트에도 그의 상표가 붙어 있기 때문이다.

도대체 뭐가 뭣인지 모든 게 뒤죽박죽이어서 대중은 그야말로 머릿속이 복잡하다. 저질 상품문화에 물심양면으로 젖어들어 뭐가 뭔지 판단이 안 서는 것이다. "오, 자유"라는 말 한마디에 피가 끓어오르던 때가 엊그제인데, 이제는 그 '자유'가 넌덜머리 난다. 엊그제는 적과 동지가 이분법으로 명백히 구분되었는데, 변화된 오늘은 모든 게 뒤엉켜 혼란스럽다. 객관적 진리도, 주류사상도, 지도사상도 이제는 더 이상 존재하지 않는 것처럼 보인다.

노동자는 계급의식을 잃고 재벌당에게 표를 찍고 진보적 지식인은 밥 빌어먹기 위해 이념적 전향을 꾀하고 학생들은 소비지향적 저질 풍속에 빠져든다. 특히 소셜 미디어의 향락적 소비가 문제다. 의식의 무정부 상태, 그리하여 불가지론·허무·냉소주의가 암세포처럼 번져간다. 이러한 현상을 일부 지식인들은 포스트모더니즘으로 해석하려 한다.

향락적 소비문화에 찌든 대중의 의식을 명징하게 깨어나게 하는 것이 지식인이 할 일인데, 대다수가 허무와 냉소주의에 빠져 있는 듯하다. "정치를 외면한 가장 큰 대가는 가장 저질스러운 인간들에게 지배당한다는 것이다"라고 플라톤이 말했다.

냉소와 허무의 감정은 말초적 감각의 흥분을 좇아 정신의 부패를 낳기 쉽다. 그러나 인간 생체는 부패를 막는 항체, 즉 이상·정의·도덕을 욕구하는 긍정적 속성이 있다. 냉소와 허무의 감정이 깊어져 바닥에 닿으면 그것이 건강한 에너지로 승화하여 표면으로 떠오른다. 대중의 정치적 허무와 냉소주의가 5공을 무너뜨린 저력으로 작용했음을 상기하자. 지금이야말로 냉소주의가 체질 개선의 동력으로 전화시킬 때가 아닌가.

지금의 대중은 저속한 상품 소비문화의 새로운 미신에 사로잡혀 정신이 피폐해졌다. 병이 더 이상 깊어지기 전에 적극적인 체질 개선이 요구되는 때다. 인간정신의 부정적 속성을 지양하고 긍정적 속성을 극대화시켜 변증법적 변화를 일으켜야 한다. 이 변화에는 강력한 촉매가 필수적이니 사회운동은 물론 학술·예술 활동 역시 원천적으로 대중의 허위의식을 깨뜨리는 계몽주의여야 할 것이다.

과녁이 하나이던 이분법의 시대는 지났다. 지금의 변화된 현실에 맞게 변용된 여론 선도체, 새로운 운동체가 태어나야 할 것이다.

여론의 타락

참된 여론이라면 무엇보다도 관제 언어에 맞서는 민중 언어를 일컫는 말이라야 할 것이다. 유신에서 5공에 이르는, 오랜 독재권력의 암흑기에는 노예 언어만 있을 뿐, 진정한 의미의 여론은 존재할 여지가 없었다. 오직 관제 언어만이 무성하고, 민중의 언어는 철저히 금지당해 상명하복의 일방통행식 언로밖에 없던 시절이었다. 언론들은 예외 없이 권력에 영합하여 날마다 관제 언어를 실어나르기에 바빴고, 대중은 울며 겨자 먹기로 그것을 일용할 양식으로 삼지 않으면 안 되었다.

그러므로 1980년대의 열화 같은 민주화운동은 한마디로 관권에 압수당했던 민중의 언어를 탈환하려는 싸움이었다고 말할 수 있을 것이다. 그야말로 역사가 대중의 삶 속에 파고들어 살아 움직인 유일한 시대였다. 한국 사회의 여론이 그때처럼 아름답고 힘찬 동력을 지녔던 적은 없다.

그런데 역사가 다시 쓰이고, 자정작용으로 공동체가 새로워지는가 싶더니, 어이없게도 6월항쟁의 승리는 금방 부패하고 말았다. 불의와 탐욕을 증오하고 신념과 명예를 존중한 시대, 그 위대한 시대를 우리는 허망하게 잃어버리고 말았다.

민주화운동의 결과로 군사 파시즘이 물러나긴 했으나, 그 자리에 새로운 적이 나타났다. 소비문화의 경박한 풍조가 바로 그것인데, 대중이 그것을 적으로 여기지 않기 때문에 더욱 문제가 심각하다. 자본주의의 혜택일 수도 있는 소비문화가 도리어 대중의 정신을 피폐화하는 독소로 나타난 것이다. 1980년대의 에토스는 폐기 처분되어 정신과 사고가 말할 수 없이 부박해졌다.

이제 대중은 사기꾼들만이 승리하는 아수라 같은 신자유주의 놀음판에 늘 잃기만 하는 투전꾼으로 묶이고, 상품들이 내뿜는 현란한 주술에 눈이 먼 포로로 붙잡혀버렸다. 왕년에는 독재권력의 포로이더니, 이제는 상품의 포로로 바뀐 것이다. 이 주술이야말로 새로운 관제 언어이건만, 대중은 알코올 중독자가 술을 못 이기듯이 이 주술에 저항할 줄 모른다.

이 타락한 시장에서는 정신적 가치들마저 시장경제 논리에 맡겨져, 달면 삼키고 쓰면 뱉는다는 감탄고토甘呑苦吐의 입맛에 따라 근본적이고 진지한 가치들은 배제되고, 말초적이고 가벼운 것들만이 선택된다. 인간의 대의, 선과 악, 명예와 불명예의 판단을 타락한 시장의 통계 숫자에 맡겨버린 사회, 이런 사회의 여론이란 얼마만큼의 의미가 있을 것인가. 그래서 여론이라는 단어는 이제 장바닥의 싸구려 상품과 썩어가는 시큼한 냄새가 연상될 만큼 부패해버렸다.

이러한 상황에서 여론을 선도해야 할 책임이 있는 신문들이 그러기 위해 애쓰기는커녕 스스로 상품임을 표방하면서 시장경제 논리를 운위하고 있으니 참으로 한심한 일이다. 신문은 소중한 정신적 가치를 소재로 한 상품이므로 제작·판매 방식이 뭔가 달라도 달라야 마땅하다. 그런데도 여느 상품들과 똑같이 선정적인 과대 포장 상품을 만듦으로써 그 속에 담긴 정신적인 가치들을 왜곡하고 경박하게 만들고 있다.

그중에 가장 인기 있는 품목이 색깔론과 지역 감정일 텐데 계속 재생산되는 이 테마 상품들이 한국 여론에 미친 악영향은 새삼 거론할 필요가 없다. 그리하여 한국 여론의 질적 수준은 최악의 상태라는 불명예를 얻게 되었다.

바로 이러한 상황이 언론 개혁을 강력하게 요구하고 있는 것이다.

얼어붙은 바다 깨기

　프랑스혁명의 대의는 인간해방이었다. 인간해방이란 인간이 인간다운 삶을 누릴 수 있도록 압제의 질곡에서 해방시킴을 뜻할진대, 그것은 정치적 자유는 물론 경제적 평등도 함께 향유하는 것을 의미했다. 한 나라의 일정한 재산을 특권층에서 많이 석권하면 할수록 상대적으로 서민에게 돌아갈 몫이 적어지는 것과 마찬가지로 자유에 있어서도 이러한 부익부 빈익빈의 논리가 적용된다. 즉 군주와 소수 특권층이 자유를 많이 소유하면 할수록 서민이 누려야 할 자유의 양은 상대적으로 적어지게 마련이다.

　인류의 긴 역사를 통해 서민은 특권층의 수탈 대상이 되어 왔다. 오로지 상전의 호의호식을 위해서만 그 존재 이유가 있던 그들은 그러니까 자신의 생애를 사는 것이 아니라 타인의 생애를 살아가는 셈이었다. 그것은 비굴과 굴종으로 일관된 생애였다.

프랑스혁명이 성공했을 때 그 혁명이 쟁취한 인류 최초의 새로운 체험인 자유·평등사상은 프랑스에만 국한되지 않고 즉각 서구 여러 나라로 퍼져나가 진보 지식인들을 열광시켰다. 특히 낭만파 영국 시인 셸리와 바이런이 대표적인 예라고 하겠다. 서로 친구였던 셸리와 바이런은 스스로 자유의 사도임을 자처하여 『리버럴』이란 잡지를 창간할 정도로 자유의 복음을 선포하는 데 열정적이었다.

바이런은 「칠런 감옥의 죄수」라는 시에서,

사슬 풀린 영원한 혼, 너, 자유여
어두운 감옥에서 오히려 더 빛날지니
그대 있는 곳은 언제나 가슴속
오로지 사랑만이 그대를 가둘 수 있을 뿐

이라고 어느 스위스의 저명한 정치적 투사에 빗대어 자유를 예찬했다. 셸리는 「서풍에 부치는 노래」에서 서풍을 낡은 것을 쓸어가고 새로운 개혁을 가져오는 상징으로 노래했으며, 「프로메테우스 사슬 풀리다」에서는 인간해방을 외쳤다.

그러나 우리는 바이런과 셸리의 약점과 한계도 동시에 발견할 수 있다. 그들이 목청껏 외쳐댄 인간해방과 자유가 유감스럽게도 현실에 뿌리내리지 못한 다소 들뜬 낭만적 시어처럼 느껴지는 것은 무엇 때문일까?

아마도 두 시인의 자유감각은 막연한 이상주의자의 꿈처럼 너무 추상적이고 관념적이었던 모양이다. 셸리가 신혼여행에 가서 인권선언 팸플릿을 손으로 돌리기도 하고 병에 넣어 바다에 띄우기도 하고 울긋불긋한 풍선에 넣어 하늘 높이 띄우면서 신부와 함께 손뼉치며 좋아했을 때, 그의 인간해방이란 낭만적인 시인의 멋에 불과하지 않았을까? 당시 영국 서민층의 인권 현실에서 비켜난 내용이었기 때문에 불온유인물 배포죄로 체포되지 않았음은 물론이다.

나중에 셸리는 국외로 추방되다시피 했는데 그것은 결혼생활의 순결을 모독한 불륜 때문이지 정부의 탄압에 의한 것은 아니었다. 영국에서는 이미 명예혁명 등 민권운동의 전통을 통해서 그만한 자유는 보장되어 있었다. 셸리와 바이런이 옹호한 자유는 그러한 자유, 즉 부르주아 계층의 자유였지 서민층의 자유는 아니었다.

이 두 시인이 발붙여 살던 당시 영국의 정치적 현실은 어떠했던가. 당시는 산업혁명 직후의 어두운 시대였다. 기계에 일자리를 빼앗긴 실업자들이 속출하고 대지주의 독점에 의해 자영농이 몰락하여 수많은 빈민이 도시로 몰려들었다.

대지주의 권익만을 옹호해주는 곡물법에 따른 높은 곡가 때문에 빈민들은 그야말로 기아선상에 목을 매달고 있는 형편이었다. 노동자들은 저임금과 조악한 작업환경에서 불철주야 고된 노동에 시달렸다. 기업주들은 아무리 혹사시켜도 불평할 줄 모르는 어린 노동자들과 부녀자를 즐겨 고용했는데, 이들은 하루 12시간 이상의 혹독한 노동에 시달리지 않으면 안 되었다. 잠이 부족한 어린 노동자들은 식사를 하다가도 빵을 입에 문 채 잠에 빠지곤 했다. 노동쟁의권이 인정되지 않던 시대였다. 우리의 노동 현실과 오십보백보 차이라고 할까.

이러한 빈민의 처참상에 대해서 귀족계급과 시민계급인 상류층·중산층에서는 별다른 관심을 보이지 않았다. 그들은 빈민층의 가난과 불행의 토대 위에서만 풍요와 행복을 구가할 수 있었기 때문이었다. 빈민의 실상에 대해서 극히 일부 지식인만이 관심을 보였는데 바이런과 셸리도 그중의 한 사람이었다. 귀족인 바이런은 상원의회에서 기계에 밀려 일자리를 빼앗길 위기에 처한 노동자들이 기계를 부숴버린 사건을 변호하는 연설을 했고, 셸리는 하층민들을 위해 「영국 사람들에게」

라는 시에서 다음과 같이 읊었다.

> 그대가 뿌린 씨, 남이 거두고
> 그대가 일군 재화, 남이 차지하고
> 그대가 짠 옷, 남이 입고
> 그대가 만든 무기, 남이 휘두른다

　여기서 '남'이란 무위도식자의 집단인 상류층을 의미한다. 특권층의 권익만을 의논하는 상원 소속의 귀족이었던 바이런은 물론 위의 시의 작가인 셸리도 특별히 생업에 종사하지 않고도 안락한 생활을 누릴 수 있는 상류층 소속이었다. 그들은 뛰어난 외모와 열정적인 문학으로 귀부인들을 사로잡던 사교계의 총아였다. 그러니 빈민에 대한 그들의 관심은 다분히 감상적이고 일시적인 것이 될 수밖에 없었다. 당시 저임금 노동자와 창녀들의 참상을 시로 표현한 시인은 시적 재능이 좀 떨어지는 토마스 후드 한 사람뿐이었다.

　프랑스혁명이 '민주주의'라는 신탁의 언어를 선포한 지 어언 두 세기라는 세월이 흘렀지만 아직도 후진국의 인권 상황은 전근대적이다. 이러한 후진국의 상황은 이미 자국 내 민주주의를 확립한 선진국의 식민주의적 성격으로 인해 조장된 바가 크다. 따라서 후진국의 인간해방은 민족해방과 더불어 이중의 난제에 도전해야 하는 힘겨운 싸움일 수밖에 없다.

후진국에 있어서 자유란 민중의 이데올로기가 아니라 위정자의 이데올로기로 전락되어 있다. 즉, 안정과 성장을 구실 삼아 자유란 '누리는 것'이 아니라 '수호하는 것'으로 되어 있는 것이다. 이 '수호하는 자유'란 진열장에 박제된 자유를 지키기 위해 민중이 목숨을 바쳐야 함을 뜻하고 소수 특권층의 자유를 위해 대다수의 자유가 유보되어야 함을 뜻한다. 여기에서 우리는 자유가 오히려 위정자의 통치무기가 되고 있음을 본다.

민중이라는 바다는 그 위에 한 정권이라는 배를 태울 수도 있지만 풍랑을 일으켜 그 배를 뒤집어엎을 수 있는 무서운 잠재력도 있다는 경구가 있다. 후진국의 민중이라는 바다는 지금 꽁꽁 얼어붙어 있다. 이 얼어붙은 바다를 누가 각성시키는가? 저 한겨울의 결빙을 도끼로 깨뜨리고 싱싱하게 살아 있는 시퍼런 민중의 바다를 드러내는 작업을 누가 하는가? 셸리와 바이런이 해주지 않는다. 오늘날 후진국에는 그런 낭만적인 지성은 없다. 그들은 늘 어둡고 괴롭고 어눌하다. 그건 그들이 항시 체포의 위협 앞에 놓여 있기 때문이다.

그러나 그들의 개혁의지는 셸리보다 더 강하고 해방에 대한 열망도 더 뜨겁다. 그들은 도끼로 부단히 얼어붙은 바다를 깬다. 그들의 어두운 정열이 뜨겁게 타올라 마침내 언 바다를 녹여낼 때까지.[*]

---

[*] 이 글은 5공 군사정권이 폭압적으로 기승을 부리던 1985년, 자유실천문인협의회의 기관지『민족문학』에 실렸던 글이다.

사월에 부는 바람

지은이 현기영
펴낸이 김언호

펴낸곳 (주)도서출판 한길사
등록 1976년 12월 24일 제74호
주소 10881 경기도 파주시 광인사길 37
홈페이지 www.hangilsa.co.kr
전자우편 hangilsa@hangilsa.co.kr
전화 031-955-2000~3   팩스 031-955-2005

부사장 박관순   총괄이사 김서영   관리이사 곽명호
경영이사 김관영   편집주간 백은숙
편집 배소현 노유연 박홍민 임진영
관리 이주환 문주상 이희문 원선아 이진아   마케팅 이영은
디자인 창포 031-955-2097
인쇄 예림   제책 예림바인딩

제1판 제1쇄 2025년 3월 11일
제1판 제2쇄 2025년 4월 15일

값 16,000원
ISBN 978-89-356-7893-8 03810